自然丛书

ROUND

RIVER

ALDO LEOPOLD

[美] 奥尔多·利奥波德 著

王海纳 译

环河

外语教学与研究出版社
FOREIGN LANGUAGE TEACHING AND RESEARCH PRESS
北京 BEIJING

图书在版编目（CIP）数据

环河／（美）奥尔多·利奥波德（Aldo Leopold）著；王海纳译．－－北京：外语教学与研究出版社，2017.12
（自然丛书）
ISBN 978-7-5135-9686-2

Ⅰ.①环… Ⅱ.①奥…②王… Ⅲ.①日记－作品集－美国－现代②随笔－作品集－美国－现代 Ⅳ.①I712.65

中国版本图书馆 CIP 数据核字 (2017) 第 303336 号

出 版 人　徐建忠
项目负责　章思英　刘晓楠
项目策划　李盎然
责任编辑　李盎然
责任校对　刘雨佳
装帧设计　卿松［八月之光］
出版发行　外语教学与研究出版社
社　　址　北京市西三环北路 19 号（100089）
网　　址　http://www.fltrp.com
印　　刷　北京利丰雅高长城印刷有限公司
开　　本　787×1092　1/32
印　　张　7
版　　次　2017 年 12 月第 1 版　2017 年 12 月第 1 次印刷
书　　号　ISBN 978-7-5135-9686-2
定　　价　45.00 元

购书咨询：（010）88819926　电子邮箱：club@fltrp.com
外研书店：https://waiyants.tmall.com
凡印刷、装订质量问题，请联系我社印制部
联系电话：（010）61207896　电子邮箱：zhijian@fltrp.com
凡侵权、盗版书籍线索，请联系我社法律事务部
举报电话：（010）88817519　电子邮箱：banquan@fltrp.com
法律顾问：立方律师事务所　刘旭东律师
　　　　　中咨律师事务所　殷　斌律师
物料号：296860001

译本序

为理解利奥波德增添新素材

除了保护生物学和一般的自然科学，奥尔多·利奥波德（Aldo Leopold，1887~1948）在环境伦理学和自然美学两个当下十分热门的人文学科中占有重要位置。对于前者，他提出了愈久弥香的土地伦理想法；对于后者，他强调个体在与大自然相处之时注入审美因素。这两门学科对于应对当下的环境危机、自然缺乏症、现代性狂奔等，都能提供必要的启示。

据我所知，长期以来中国大陆只翻译过利奥波德的一部书，即他最重要的《沙乡年鉴》（*A Sand County Almanac*），但有多个版本。

摆在读者面前的这本书算是第二部，它是一部文集，书名"环河"是循环流淌之河的意思。《环河》中的部分文章曾经收入扩增版的 *A Sand County Almanac* 中，于是此前中国读者也曾间接知道本书的一些内容。1996年科学出版社推出邱明江先生的译本《原荒纪事》依据的是牛津大学1966年的英文版本，其中第三部分收录的文章部分属于《环河》中的篇目。

另外在 1999 年，此时利奥波德已过世半个世纪，还出版了两个文集：（1）《为了土地的健康：未发表的短文及其他文本》[1]，包括 53 篇短文，其中有 12 篇以前未发表过。（2）《利奥波德典藏：引语与评注》[2]。这两本目前均无中译。利奥波德代表作更完整的版本当属迈恩（Curt Meine）精心编辑的 *A Sand County Almanac & Other Writings on Conservation and Ecology*，它列在 Library of America 丛书第 238 号，全书 832 页。希望某一天，有人愿意把它译成中文出版。

与《沙乡年鉴》和《为了土地的健康》一样，本书也是一分为三的结构。三明治的主体是一些相当于日记的简明记述，两侧则包有优美、睿智的哲学和美学散论。

环河是不可能的。比如，埃舍尔的版画《瀑布》所描述的场景违背自然规律，水在自然条件下不可能自动循环流动。显然，环流说的是威斯康星的一则寓言。传说伐木英雄班扬（Paul Bunyan）找到了这样一条河，传奇般地用水流运送砍下的木材。利奥波德用这则寓言说明，威斯康星的大地本身就是一条循环不已的大河，在一个动态的生态系统或他所强调的共同体（community）中，各个组成部分彼此依存，无休止地演化着。生态学在与达尔文演化论所描述的现象相垂直的另一个平面上考察事物的变化。岩石风化成土壤，土壤中长出了橡树，橡树结出了橡实，橡实喂养了松鼠，松鼠成为印第安人的食物，人去世后化作泥土，于是物质循环又开始了。此链条在细节上可以变化，但不能变得太快，否则会因不适应而出现许多问题。在利奥波德看来，生态学虽然早就提出来了，但生态思想在全社会流行那是很久以后的事情。"生态学到将来才可能真正畅行无阻。生态学注定要成为关于环河的学问，它姗姗来迟，要把我们关于生命物质的集体知识转变成关于生命航行的集体智慧。说到底，就是保护。"[3]

利奥波德在生态学或环境伦理学领域提出了一个颇具想象力的思想：人们应当认同并融入不断扩大的共同体。这一思想通过"土地伦理"一文以"非论证的论证形式"，令人信服地告诉人们，让自己归入更大的共同体是可能的。我说"非论证"是指他用的是讲故事、比兴的手法，而非演绎逻辑的"必然得出"。的确我们无法用数理逻辑严格推导出利奥波德的结论，但历史进程、无数事例以及人作为人的修养，使得我们可以并且几乎必然地同情他的结论。

《环河》刚出版，就有多家杂志刊出评论，如《野生动物管理杂志》和《牧场管理杂志》。

户外活动家决不会失望，书中的许多片段或许能引起强烈共鸣，让自己回忆起激动人心的场景；那些喜欢《沙乡年鉴》中的哲学洞见的读者也不会失望；那些想找寻野生动物保护思想的人，也能有收获。"对此书，不同人会欣赏不同的侧面。"[4]书评中评论人也喜欢摘录一组名言警句加以品评。在利奥波德的作品中找警句，绝对值得而且相对容易，因为富含哲理并且基本押韵的精彩论述俯拾皆是。

结合本书，关于利奥波德可以讨论许多方面，不过在此，我只想论及狩猎和博物学家身份两个问题。

关于狩猎悖论

利奥波德是一位出色的猎手。本书有大量篇幅不厌其烦地介绍他与家人和同伴打死这个又打死了那个。这会令读过《沙乡年鉴》的人非常震惊：这是一个人吗？他不是提倡环境保护、动物保护吗？他怎么能够那样随心所欲地枪杀、设陷动物？

没错，是一个利奥波德。

"那么，这里不是存在明显的矛盾吗？你不觉得他虚伪吗？"指责其虚伪是用来攻击环保人士、动物保护主义者的利剑、常用手法。可惜这对利奥波德不管用。

在回答可不可以狩猎之前，让我们先看一下另一位著名博物学家普里什文对打猎的看法。注意他的称号也不少，如"伟大的牧神"、"世界生态文学的先驱"。普里什文称，只有真正的猎人才能充分把握对大自然的复杂情感。"道地纯正的猎人其实是人形鹞鹰种群""鹞鹰不啄食自家花园的鸟。这也是事实，在我们的花园里，我们这些猎人，也不会杀戮和捕猎。剩下的便是要揭示出，我们的森林意味着什么，身为嗜好打猎者，我们要在那里培育动物，使得我们的森林、田野、河川日渐富足。"[5]为此普里什文还举出若干狂热猎手，在科学界有米克卢霍·马克莱、普热瓦尔斯基，文人中有屠格涅夫、涅克拉索夫、列夫·托尔斯泰。普里什文自豪地说，"出色的猎人使自己喜好的猎事成为认识和颂扬自己故乡的一种方式。"【6】在"猎人"一文中，普里什文提及一位结伴而行的老上校。上校发现打猎很费钱，不得不放弃这一嗜好，转而爱好摄影。"有时候，我觉得，上校每按动一下照相机的快门，就会体验一次扣动猎枪扳机的那种快感。"【7】在英文中shot这个词本来就可用来表示扣扳机和按快门，其实两者可以让人有相似的心理感受。顺便一提，利奥波德也讲过，"相机是为数不多的寄生于野性大自然的无害产业之一。"【8】

有人可能认为，这有狡辩的嫌疑。俗话说，"流氓不可怕，就怕流氓有文化"。质疑者会问：博物学家到底能不能打猎？奥杜邦这样的人猎杀了那么多鸟还能算优秀的博物学家或者自然保护主义者吗？回答是：有时可打，有时不可打。别人可打，你可能不可打。道理讲起来复杂些，但也不是讲不明白。比如，奥杜邦、普里什文或利奥波德自由自在打猎时，野生动物足够多，狩猎并非了不得的事情。到了现在，能不能打也要具体问题具体分析，并非一律不可。比如因纽特人可以猎鲸，而日本人却不可以，即使以科研的名义捕鲸也受到绝大多数人的抗议。另一方面，即使在今天的日本东京附近，猎鹿也是可以的，而且应当受到鼓励，因为野外鹿群过分繁殖，大范围啃咬树皮，已经对生态造成破坏。

有些情况也是可以适当解释的。第一，利奥波德的本行是"猎物管理"，他写过这方面的专著。他在"像山那样思考"一文中已经讲了物种平衡的重要性。狩猎"在一定范围内是正确的"。第二，理论上《沙乡年鉴》应当是《环河》的续篇，而实际顺序正好倒了过来。有人认为利奥波德有一个思想转变、成长过程。此书表现出对猎杀郊狼、山猫、狐、反嘴鹬的欣赏，场面甚至有些血腥、暴力[9]，而成熟的利奥波德有些收敛。第三，利奥波德主要从生态学的角度考虑问题，这与另外一些人侧重从动物权利角度考虑问题是有区别的。在环境伦理学的背景下，整体主义与个体主义的观念有相当的张力。利奥波德的土地伦理大致属于前者的范畴，而动物权利则属于后者，它们之间有矛盾是可以理解的。第四，利奥波德生前并没有发表这些短文、札记，也许他根本不想把它们公诸于世。不过，我并不完全认同这些让步性的解释。我觉得利奥波德的想法并无本质变化，他的思想也是逻辑自洽的。

利奥波德的叙述中，不时流露出对原始人类作为动物之生存本能、人对大自然的感知和审美愉悦的赞美，他也明确指出户外休闲是一种返祖现象，体现着一种对比价值。狩猎具有文化价值，从色诺芬到老罗斯福都肯定了这一价值[10]。猎人也有猎人的道德，"猎人的道德，就是一种自愿的对使用这些武器的限制。"[11]

我倒是认为，利奥波德的《沙乡年鉴》和《环河》应并读，表面的矛盾和张力可以检验读者的理解力。只有读者自己解决了理解上的困境，才有希望真正理解利奥波德的非凡思想，才有能力具体分析现实中的问题。如果他的思想那么好理解，为何这些思想之前没人提出，之后又很难超越呢！

理解利奥波德及其思想，需要想象力。解决现实中的生态问题、环境问题，需要创造力。

博物学家利奥波德

利奥波德成名后，头衔不断增加。比如林学家、生态学家、保护主义者、科学家、环境伦理学家、思想家等。有人强调他作为土地经济学家和保护生物学家的身份。利奥波德与韦尔温（George S. Wehrwein）等土地经济学家有密切交往，关于土地的使用给出了重要洞见，他们还就康恩谷（Coon Valley）流域保护合作过。不鼓励纯粹的市场行为，利奥波德除了强调政府的持续管控，还求助于个人土地伦理，强调一种个人责任，即生态良知（ecological conscience）。除了荒野区之外，这种土地伦理与经济学家谈论的明智的多元土地管理（wise multiple-use land management）思想非常接近[12]。"保护教育必须做到的是，为土地经济学提供一根伦理支柱，为理解土地机制提供一种普遍好奇心。"[13]在利奥波德眼里，土地（land）不同于地块（terrain），要比后者含义多得多。土地包括本地的植物和动物，维持它们的土壤和水分，以及依靠这些共同体过富裕而健康生活的百姓[14]。1998年，《沙乡年鉴》出版50周年之际，《野生动物学会会刊》出版纪念专号，其中一篇文章的标题是"利奥波德是一名保护生物学家"[15]。

其实在我看来，利奥波德最主要的身份是博物学家（naturalist），他自己明确自称为博物学家，梭罗、缪尔和卡逊也一样。安德森的博物学史著作《彰显奥义：博物学史》

第 15 章的标题就是"从缪尔和亚历山大到利奥波德和卡逊"。"对利奥波德而言,在扩展和亲密的意义上直接接触野外,不仅对于狩猎是一项关键要素,而且对于个人成长和发育也是重要的。"[16]相对于实验室操作,博物学家更热衷于户外体验、观察、记录和分类。

科学类杂志怎么看?

美国《科学》杂志在一则简短的消息中称利奥波德为博物学家和野生动物专家[17]。《生物学季评》1989 年一篇文章标题就是"博物学家利奥波德的人生与著作"[18]。动物学家赫尔曼教授在一篇题为"野生动物生物学与博物学再融合正当时"的文章中说得直截了当:"利奥波德是野生动物管理的圣徒。他是博物学家和自然历史学家(a naturalist and a natural historian),也就是说他在博物学领域既做研究也从事创作。他追随达尔文及一系列伟大人物。今天,E.O. 威尔逊或许是最杰出的博物学家。达尔文使生物学和整个世界发生了革命,他奠定了所有相关领域的基础。利奥波德则定义了我们专职的本性并深深地影响了其发展。达尔文是全世界都知道的最有成就的博物学家,他以博物学家的身份成名。而另一方面,利奥波德未能享有这个标签,因为到了 20 世纪早期,博物学家这个术语已经不再流行。"[19]赫尔曼教授在论文摘要中讲："我发现，足够充分的证据表明，野生动物管理这门学科已经远离其根基，并显示出营养不良的迹象。它呈现出一些病症，包括技术上瘾、贪恋统计、自恃专业，以及将研究与管理视作等同的妄想。野生动物管理这门学科始于应用博物学，其多数大佬级实践者都是知识渊博的博物学家，非常熟悉他们所负责的自然景观和生物。有多种理由相信，特别是考虑到此专业在新世纪中的角色转换，野生动物专业应当重返其博物学之根，并因此嫁接而获得新生。"[20]

为什么强调缪尔、利奥波德、卡逊等人的博物学家身份？因为我认为，这是他们在各自时期与主流观点不同，提出有想象力的、事后许久才被广泛认可的重要思想的一个重要因素。

博物学家视野更宽广（也不是全部），更容易（不是必然）看到大尺度上的演化趋势。

博物学的认知就"单点深度"而言，远比不上当代的还原论工作者，但是他们花费大量时间与大自然密切接触，他们对世界有宏观的、整体的把握。或者说得更直白些，博物学家通常拥有"好感觉"，这也是博物派能在19世纪末关于地球年龄的大争论中最终取胜的似乎唯一可信的解释。好感觉的获得需要在具体环境下日积月累。如利奥波德所言，"感知是既不可能用学位，也不可能用美金去取得的。"[21]

希望此书的出版，会引起中国学界关于生态保护的更多讨论。更希望利奥波德的思想能够走出学界，直接影响轰轰烈烈的大开发实践和多少有点不知所措的生态文明建设。

我接触利奥波德的文字，受到我的同事苏贤贵博士的多种帮助，我们多次聊过利奥波德。我手边的英文版《沙乡年鉴》就是从贤贵那里复印的，利奥波德的文字美极了。上面的介绍文字写成后也专门请贤贵帮助减少错误。贤贵对梭罗、利奥波德、卡逊等博物学家都有深刻的理解。非常感谢贤贵！

刘华杰　北京大学教授

2015 年 12 月 18 日于河北崇礼，20 日于北京西三旗。

注释：

【1】Leopold, A. *For the Health of the Land: Previously Unpublished Essays and Other Writings, 1999.*

【2】Meine, C.D. and Knight, R. L. (Eds.) *The Essential Aldo*

Leopold: Quotations and Commentaries, 1999.

【3】 Leopold, A. *Round River*, New York: Oxford University Press, 1993, 159.

【4】 Reynolds, H.G. *Journal of Range Management*, 1954, 7(02): 91.

【5】 普里什文. 大地的眼睛. 潘安荣、杨怀玉译. 武汉：长江文艺出版社，2005，370。

【6】 同上，371。

【7】 普里什文. 鸟儿不惊的地方. 吴嘉佑译. 武汉：长江文艺出版社，2005，73。

【8】 Leopold, A. *A Sand County Almanac*, New York and Oxford: Oxford University Press, 1987, 171.

【9】 McCabe, R.A. *Journal of Wildlife Management*, 1954, 18(02): 276–277.

【10】 利奥波德. 沙乡年鉴. 侯文蕙译. 吉林人民出版社，172。

【11】 同上，168。

【12】 Vaughn, G.F. *Land Economics*, 1999, 75(01): 156–159.

【13】 转引自上面的文献，158。

【14】 Dombeck, M. The *Wisconsin Magazine of History*, 2001, 85(01): 59–60.

【15】 Noss, R. Aldo Leopold Was a Conservation Biologist, *Wildlife Society Bulletin,* 1998，26(04): 713–718.

【16】 Anderson, J.G.T. *Deep Things out of Darkness: A History of Natural History*, Berkeley, CA: University of California Press, 2013, 226–248.

译本序

【17】 *Science,* 1954, 120(3120): 593.

【18】 Hedgpeth, J.W. The Life and Works of Aldo Leopold, Naturalist. *The Quarterly Review of Biology*, 1989, 64(02):169–173.

【19】 Herman, S.G. Wildlife Biology and Natural History: Time for a Reunion. *The Journal of Wildlife Management*, 2002, 66(04): 933–946.

【20】 *ibid*, 933.

【21】 沙乡年鉴, 侯文蕙译, 164。

环河

书中人物

Estella B. Leopold   埃斯特拉·利奥波德（母亲）

利奥波德家的孩子们

A. Starker Leopold   施塔克·利奥波德

Luna B. Leopold   卢纳·利奥波德

Adelina M. Leopold   阿德利娜·利奥波德

A. Carl Leopold   卡尔·利奥波德

Estella Leopold   埃斯特拉·利奥波德

奥尔多·利奥波德的兄弟们

Carl S. Leopold   卡尔·利奥波德

Frederic Leopold   弗雷德里克·利奥波德

弗利克（Flick）——利奥波德家族几乎所有的猎犬都叫此名；按顺序：1920~1930，英国赛特犬；1930~1934，史宾格犬。

格斯（Gus）——1935~1943，一只德国短毛指示犬。

目　录

闲暇时光

一个人的闲暇时光

这句布道式的话源自阿里奥斯托①的信条。我不记得具体的章节和诗篇，他是这样说的："一个无知的人的空虚时光该是多么痛苦！"

没有多少文字能让我把它作为永恒的真理一样来接受，但这句话是其中之一。我愿意站出来向世人宣告我的信念，这段文字是完全正确的，从前是正确的，未来是正确的，甚至连早餐前也是正确的②。不能享受闲暇时光的

① 阿里奥斯托（Ariosto），1474~1533，意大利文艺复兴时期的著名诗人。编者注。——书中注脚如无特殊说明，则为编者注。
② 《爱丽丝梦游仙境》中有在早餐前相信六件不可能的事的情节，作者此处或用此典故。

环河

人，即使满腹经纶，也是无知的；而能够享受闲暇时光的人，即使从未进过学校，在某种程度上，也是教养良好的。

一个有多种爱好的人与那些没有爱好的人谈论关于爱好的话题，我无法轻易地想象出比这更荒唐的事。因为这意味着一个人要向另一个人指定爱好，而这完全是与美德相悖的。人无法获得爱好，而是爱好趋向人。向人指定一项爱好就像为别人指定妻子的人选——两者得到美满结果的概率差不多。

说得更清楚些，爱好是人们沉迷于某种事物而反映出的变化，或好或坏，都需要做些看似古怪的事情。如果别人愿意的话，请他们聆听，并使他们从我们的行为中受益。

那么究竟什么是爱好呢？爱好与普通追求之间的界线在哪里呢？我已无法做出令自己满意的回答了。乍看上去，我不由得认为，一个令人愉悦的爱好，必须在很大程度上是无用的、低效的、耗时费力的，或者与实际无关的。当然，现在我们中的许多人最喜欢的爱好就包括做手工活儿，这些工作用机器来做通常会更快也更经济，有时甚至更好。然而，说句公道话，我必须承认，在不同的时代，单纯的机器精加工就是一种极好的爱好。伽利略，用一种新型弹射器展现出被圣彼得漫不经心地忽略掉的自然法则，从而颠覆了基督教世界。我猜想，他当时做这一切，一定是源于真实的自我满足。当今，新机器的发明尽管有益于工业，然而作为爱好来讲，它就是一种陈腐的东西了。也许我们在这里找到了我们的问题的真正答案：爱好是人对其时代的反抗。在社会演化的短暂困境中，那些恒久的价值遭到了抵制或者忽视，而爱好正是对恒久价值的肯定。如果这是正确的，那么我也可以说，每一个爱好者的内在都是激进的，他们这一群体只是少数。

然而，这是严肃的。对爱好者来说，变得严肃是一个极其严重的失误。一个人的爱好不需要任何理性的合理证明，这是一条举世公认的真理。想去做，这条理由已经足够了。若去追究爱好为何有用或者有益，会立即将它转变为产业——马上将其降格为为了健康、权力或者利益而进行的不体面的"练习"。举哑铃就不是一种爱好，它是一种奉承，而非自由的宣告。

当我还是个小男孩儿时，我们镇子上有一位年长的德国商人，他就住在镇上的农舍里。每周日他都会外出，沿

环河

着密西西比河的石灰岩矿脉，敲下一些矿石碎片。他收集了大量这样的矿石，全部编号并汇编成目录。这些矿石碎片中包括一些死亡的水生生物海百合的小型化石茎。镇上的人们认为这位老人没有危害，只是有些怪异。有一天，报纸报道说镇上来了一群声名显赫的陌生访客。据人们私下传说，这些人都是大科学家，其中一些来自国外，还有一些是世界著名的古生物学者。他们来拜访这位无害的老人，聆听他关于海百合的演讲，并将之奉为圭臬。当这位德国老人去世后，镇上的人们才猛然发现，他是他所在领域的世界级权威，他是知识的创造者，也是科学史的书写者。他很伟大——与他相比，当地的工业领袖就只像些丛林开荒者而已。他的收藏进入了国家博物馆，他的名字则为世人所知。

我认识一位银行行长，他非常喜欢种植玫瑰。玫瑰使他快乐并能更好地胜任自己的工作。我还认识一位车轮制造商，他极其喜欢番茄，了解关于番茄的一切。不知这是结果还是起因，他还了解有关车轮的一切。我认识一位司机对甜玉米无比热爱。他一旦兴奋起来，你就会惊讶于他的博学，关于甜玉米，就没有什么是他不知道的。

我所知道的当今最吸引人的爱好就是驯鹰术。在美国有一些驯鹰迷，英国可能也有几个——人数是够少的。一个人只需两个半美分就能射出一颗子弹杀掉苍鹭，而这样的猎物却需要鹰和驯鹰人经过几个月甚至几年的艰苦训练才能捕获。子弹是致命的东西，是工业化学的完美产物。它的致命反应可通过化学公式体现出来。鹰作为一种可致命的生物，则是进化的完美产物。而进化之于人类，仍旧是一个未解之谜。无论现在还是将来，都没有人能够理解我们与这些猛禽助手共有的掠夺本能。也不会有人造的机器，能够制造出完美协调的眼睛、肌肉与臂膀，用以完成猎杀。苍鹭作为猎物是不适宜食用的，因此是无用的。（一些老驯鹰人可能会吃掉苍鹭，就像一些童子军用弓箭猎取夏季棉尾兔熏制食用一样）。而且，一旦驯鹰人的技术略出差池，鹰既有可能像人一样失去野性，也有可能飞向蓝天，一去不返。总而言之，驯鹰是一种完美的爱好。

制作和使用长弓是另外一种完美的爱好。在外行人之中存在着一种颠倒的认知，他们认为在专业人士手中，弓是一种有效的武器。每年秋天，威斯康星州有近百位专业人士通过注册被获准用宽箭头猎鹿。仅百分之一的人有所斩获，这已经是个惊喜了。相比较而言，有五分之一的火枪手能获得猎物。因此，作为一名弓箭手，根据我们的记录，我强烈地反对把弓当作一种有效武器的判断。我只承认这一点：如果上班迟到，或者周六忘记倒垃圾，那么制作弓箭装备倒是个好借口。

制作枪是很难的——至少我不会。但是我会制弓，而且我做的一些弓还能用于射箭。这提醒我，也许我们关于爱好的定义应该修改了。在这些例子中，好的爱好要涉及生产物品，或者制造生产物品所需的工具，并用它完成某些无用的事。当我们脱离了当前的时代，好的爱好就会变成这些东西的反面。又说到反抗同时代了。

好的爱好也得是一场赌博。当我看到一段粗糙、笨重又布满节块和裂痕的橙桑木条，我能想象终有一天它将脱离其不优雅的原始状态，成为闪着冷光的完美武器。我想象着那张弓弯出完美的弧度，正要准备射出划破天空的闪亮利箭的一刹那，同时我又必须设想到另外一种可能，它在刹那间裂成碎片。那我就要再用一个月的晚上来辛勤劳动，以改变这样的结果。简而言之，可能产生的失败是所有爱好中必不可少的因素。它与那些乏味的确定性有着显著的不同，这种确定性在于，生产线①的尽头必然出现一辆福特汽车。

好的爱好还应该是一个人对寻常事物孤独的反抗，抑或是一群意气相投的人的共同反叛。有时候，这个群体可能是家庭。这两种情况都是反抗，对于一个绝望的人，能够去反抗反而是件好事。在社会的传统表象之下，蠢蠢欲动的不满中会逐渐发酵出愚蠢的观点，如果整个国家突然"采纳"了所有愚蠢的观点，我无法想象还有什么情况比这更加混乱。实际上，这样的危险并不存在。分歧是社会性动物的最高进化成就，而且它并不比其他新功能进化得更快。科学研究发现，有一些难以置信的组织形式，盛行于"自由的"原始人以及更加自由的哺乳动物和鸟类之中。爱好可能是生物对其自身所处生物阶层的首次否定，生物阶层约束了他们的群居圈，人类中的绝大多数也只是这个圈子的一部分。

---

① "belt"译为"生产线"，福特公司开发了世界上第一条汽车组装生产线。——译者注。

环河

狩猎时光

科罗拉多河三角洲，1922

两位绅士——冒险家，卡尔·利奥波德和奥尔多·利奥波德先生的

一段发现之旅

安尼亚（Annian）的神秘海峡

里奥德尔佩斯卡多尔（Rio del Pescador）的丛林，

弗米利恩海（Vermillion Sea）的郊野。

狩猎月，公元 1922 年。

许多旅行者只是徒有其名，他们从未游历过我们的国家，

也从未细致地探索这片富饶而广袤的土地。

——汉弗莱·吉尔伯特爵士（Sir Humphrey Gilbert）

10 月 25 日，星期三

星期二午夜抵达尤马（Yuma）之后，我们于黎明时分出发找到了那条河，它流经距离旅馆一掷之地的一座桥下，看起来水量非常充沛。

我们拜访了开发服务总部，在那里我遇到了项目经理助理雷伊·普里斯特（Ray Priest）先生。他刚刚和一位从河的源头顺流而下抵达这里的旅行者弗里曼（Freeman）先生乘小艇去过河口。他们驾驶卡车在佩斯卡德罗（Pescadero）乡村经历了三天的艰难跋涉，尤马方面差点派营救队去救助他们。普里斯特说不必费力了。游客中心的贝里（Berry）先生也这么说。

随后我们探望了弗莱（B. F. Fly）上校，他非常体贴地抽出一整天来为我们送行。下午 3 点，在购买了牛颈肉又理了发之后，我们驾驶着一辆属于威尔·洛（Will Lowe）的福特 T 型皮卡奔赴圣路易斯（San Luis）。我们将独木舟斜放在车里，驾车穿过了富饶的尤马河谷，大约于下午 5 点抵达国境线。这是一段有趣的旅程。在这里，弗莱上校介绍我们认识了很多人，包括戈麦斯·亚维尔斯（Y. Gomez Yavias）少校，政府的工程师；亚历山大·索尔特安（Alexandre Sorteon）①，我们夜宿的主人以及明天旅途的司机；阿里亚扎（Arierza），圣路易斯新当选的政治委员；以及陆军中尉洛佩斯（Lopez），

---

① 下文中提到的索尔特安、亚历克斯·索尔特安和亚历克斯都指亚历山大·索尔特安。

当地卫戍部队的司令官。我们都是无害的狩猎者，而不是什么新革命的阴谋家。我们一起去了当地的沙龙放松，并享用了正宗的啤酒。随后弗莱上校返回尤马，而我们则在索尔特安家里度过了一个非常美妙的夜晚。我们与戈麦斯少校讨论着乡村，听他讲述探险中常遇到的危险和麻烦，谈到我们驾驶独木舟进入这个地区探险是多么的不切实际。最终我们决定把独木舟暂时留在圣路易斯，到黎里多（Rillito）河上游去猎鹿。

当晚在索尔特安家的访客中，有一位参议员科沃拉（Corvola）。他是一位经济检察官，据说在跟进一个"微妙的案子"。就在最近一次选举的一两天之前，政治委员的办公室失火，相关记录被焚毁；参议员利蒙（Limon）也在跟进这个案子，他是政府的无线电报务员。

我们睡在索尔特安家的地板上，第二天一早醒来，奔赴那个多事之地。

10月26日，星期四

大约上午10点，我们坐着索尔特安的福特车出发去黎里多，下午 1 点钟到达。我们在一小块沼泽岸边下车与索尔特安分别，无视了他让我们一周之内返回的忠告。就在我们开进沼泽时，一只美丽的雪鹭从芦苇丛生的岸边冲出来，几只鸬鹚正在营地下方的开阔地带捕鱼。猎犬弗利克追赶着一群鹌鹑快速地掠过。

我们仿照美洲印第安阿帕切族人（Apache）的方式搭建了一个用于遮蔽的临时住所。野营工作完成之后，我们徒步向黎里多河进发。卡尔逮到一只鹌鹑。在河流两岸以及沙洲小径上，我们发现了短尾猫和郊狼的踪迹，其数量之多令人难以置信。我们正要回营地时，发现一头体型巨大的郊狼正在一个小湖的源头处喝水——我们差点击中它。是夜，我们还能听到雁经过——当它们看到我们的篝火时会发出咯咯的叫声。整夜都充斥着郊狼的"合唱"。

10 月 27 日，星期五

黎明时分，我猎到了一只飞过河流上空的巨大的雄性绿头鸭。我们逆流而上去探险，在阔苞菊丛中得到了这次探险活动的第一个教训。这是一片荒漠，到处都是只有猎犬才能逮到的兔子。接下来的旅程非常艰难，几乎不可能完成。在营地上游几公里处，我们发现了一个美丽的潟湖，有三只绿眉鸭从湖上飞过，卡尔把它们都逮住了。在这里，我们还发现了一头大雄鹿和一头雌鹿的踪迹。大约上午10点，一大群鸟飞向黎里多上空，又飞了回来——可能是去埃尔多科特（El Doctor）。从潟湖附近的平顶山的山丘上，我们能够看到整块三角洲，甚至还能看到海市蜃楼——像是圣克拉拉（Santa Clara）的海滨滩涂。只有"呼啸的荒野"这种名字才能描述这片土地。

傍晚，我们在营地上游布了一些陷阱尝试捕鲻鱼，大量鲻鱼跃出水面。它们运气不佳。我们晚上吃了烤鸭和发酵的小圆饼——但是我们把面条搞砸了，因为我们尝试用咸"井水"煮它。

中午，我们游泳和洗衣服，就像在理发店那样。水质很好，但也很凉。

10月28日，星期六

我们的探险向南拓展。鹿的踪迹越来越多，其中还包括一些未满一岁龄的幼鹿或是小白尾鹿的踪迹。黎里多有许多长条形的水塘，那里生活着雪鹭、夜鹭、大青鹭、鸬鹚、鹮鹳、白骨顶和翠鸟，还有几只琵鹭。一大群鸟飞向了上游，同时我们听到另一群鸟从平顶山飞了出去。此时我们拥有了更多关于阔苞菊丛的经验。

这里有几头牛，似乎在取食植物茎。

昨天猎到的鹌鹑，其嗉囊中满是浆果，今天我们认出它们都是槲寄生的果实。它们应该是寄生在牧豆树上的。

大约下午两点，我们听到路上有机动车的声音。卡尔上前搭话，车上的两人并不想交谈。他们的后座上塞满了看上去湿漉漉的板条箱。

晚上我们去钓鱼，卡尔装配了一套抛线。我们钓到了一条大鲤鱼——可能有两磅[1]重——它挣扎得那样剧烈，至少像是一条黑鲈。还有几条略小的鲤鱼和一条小鲻鱼。事实证明兔子的腹部是比肥猪肉更好的诱饵。

傍晚有一支队伍经过—— 一位大块头的墨西哥人赶着四头骡子，可能还携带了大量"私酒"。你都能闻到私酒的味道。后来得知他是来自拉博尔萨（La Bolsa）的多明格斯

---

① 1磅≈0.45千克。

人（Dominguez）。他在我们营地北边的阿瓜杜尔塞（Agua dulce）方向扎营。我们请他吃面条和发酵小圆饼，并用生硬的西班牙语与之攀谈，向他询问关于鹿和雁的信息。

10月29日，星期日

夜里很冷，一些无礼的浣熊偷走了我们的鱼。营地上方的郊狼陷阱中掉入了一只秃鹰；相比之下，那只湿漉漉的母鸡状况更好一些。

沿平顶山南麓，我们猎取鹌鹑并继续探险。我们打到两只鹌鹑，它们的肚子里都塞满了果壳。我们还发现了一只甘氏鹑的踪迹。从前趾到后趾，有 2 英寸①长 1.5 英寸宽。它的冠上有 5 根装饰羽。

攀爬其中一座沙丘或者说是"山脉"时，我们在营地南侧的低地上发现了一个巨大的水湾，并抄近路赶到了那里。在水湾处和返程路线的边缘处，都没有发现鹿的踪迹。鹿肯定在营地东侧的山脉活动。

---

① 1 英寸≈2.54 厘米。

我们于中午返回营地。午饭后，一群反嘴鹬飞了过来。卡尔逮住了三只。它们是最为优雅美丽的水鸟。卡尔留下了其中一只有厚喙的涉禽，它有着白色的尾巴，看来是一只半蹼白翅鹬。

下午的其他时间我们都在钓鱼，钓到许多小鲻鱼。我们将其养在沙洲上的小水洼里。天黑之前，我们举行了庆祝晚宴——鹌鹑和土豆泥，还有美味的酸面包，这是卡罗洛（Carolo）的杰作——这是他的首次尝试。

10 月 30 日，星期一

吃早餐时，我们打下来一只巨大的绿头鸭。卡罗洛打到两只绿眉鸭。许多雁飞过平顶山，并在潟湖的上空盘旋喧闹。我们先往上游去查看陷阱。第一个陷阱里的猎物逃掉了，阱沿上的爪印告诉了我们原因。我们相当茫然，想知道听到身后阔苞菊丛中的沙沙声时，围桩是否倒掉了。我们在密林中开辟道路穿行，从两边奔向声源。卡尔大喊："郊狼!"而与此同时，郊狼听到喊声逃跑了。它的行动异常敏捷，我们担心它会逃离我们的视线。所以，卡尔将 .32 口径的枪装填好子弹举至耳后准备随时射击，最后我们将猎物带回了黎里多。这是一头非常年轻的雌狼，皮毛光亮，却蓬松凌乱，我们不得不对其进行梳理，以达到令人满意的效果。到此为止，这真是一个忙碌的早晨。

我们又徒步去了营地北方的"山脉"，但没有找到鹿的踪迹。中午当我们返回时，一只青鹭在我们的捕鱼围栏里大叫着抗议，不情不愿地飞走了。

营地北部的平原上有许多蜗牛壳——显然是被涨潮的水冲到这里的。

我们将晚上的时间用在了钓鱼上。经过鉴定，我们之前所谓的"鲤鱼"其实是羊头鲷，因为它的嘴巴是向前而非向下的收窄，而且它们还缺少鲤鱼的"须"。

我们把羊头鲷和鲻鱼当作晚餐，但它们都太软了，像肥皂似的，并不适合食用。黎里多山上的雁发出嘈杂的吵闹声。卡尔说这听起来就像正在读大学的女儿放假回家时的声音。

我们把陷阱里的猎物收起来，准备明天转移到梅萨角（Punta de Mesa），据说那儿有"很多鹿"。

10 月 31 日，星期二

大约上午 9 点，弗朗西斯科（Francisco），一位在萨拉多（Salado）牧场工作的牧师，带着他的船和一队驮着鹿皮的骡子到达了这里。我们上了车，在正午时分抵达梅萨角，并告诉他星期四再回来。

我们步行前往旧科罗拉多（Colorado Viejo），并用绿头鸭的尸体布置了陷阱。在梅萨角山脚下有连续的小水泊，住满了苍鹭。岸边长满摇摆着的嫩绿柳树，倒映在水面显现出美丽的铜绿色。这是一个奇异的、令人印象深刻的地方。我们没有找到鹿的踪迹，但是捕到了四只鹌鹑。它们肚子里的东西包括牧豆树果皮、完整的蚱蜢以及大量的带果皮的种子。这种种子小而坚硬，呈菱形，表面有光泽，颜色呈青黑色，我想这可能是苋草或阔苞菊的种子。种子里包含着一颗白色的核。

在平顶山的牧豆树丛中，我们愉快地野营，配着全米把绿头鸭当作晚餐。（在黎里多营地，一头郊狼弄倒了围桩，从陷阱中逃脱了。）

科罗拉多河三角洲，1922

11月1日，星期三

在黎里多河下游，我们找到一些鹿的踪迹，其中多数是成年鹿。我们还找到了淡水，并且猎取了至少三只鹌鹑。沿平顶山一线的山脉并未发现鹿的踪迹。我们营地的下方充斥着雁的喧闹声。但当我们到达那里时，正看见七个鸟群飞回埃尔多科特。这个湖的名字叫水凫湖（Widgeon Lake），它是"水道"的一种，是咸水湖而非淡水湖。那么显然，雁不是来这儿找水喝的。它们很可能是来这儿找砾石的，这里有大量的砾石，尽管我们已回想不起来了。

水凫湖上游是一个大盐湖，那里有鸬鹚、琵鹭、棕硬尾鸭、反嘴鹬、黄脚鹬、绿眉鸭、半蹼白翅鹬、姬鹬。还有两大群不同种类的矶鹬，一种体形小巧，另外一种与姬鹬差不多大。这里没有发现雁的踪迹，但却看到了白骨顶、鹏鹩、朱红霸鹟、翠鸟和黑长尾霸鹟，还有一只小白鸥，它有红色的喙和黑色的翼梢（也许是橙嘴凤头燕鸥？）。

返程的路上，我们目睹了一个巨大的鹤群，状如烟囱，盘旋着涌向梅萨角上空。在阳光的照耀下，它们呈现出纯白色，就像巨大的冲天火箭燃烧迸发出白色火花。它

环河

们渐渐东移，飞到我们上方时，突然变为"V型"队形，向埃尔多科特进发。卡尔在它们变成这种队形后数了一下，有130只。这时它们仍呈现白色，就像悬挂在蓝色天空中的一串串巨大的珍珠。它们一点声音也没有。我不明白沙丘鹤怎么会有如此白的颜色，难道它们是美洲鹤？

我们在营地猎到了另一只鹌鹑，打包，准备在天亮之前徒步去水凫湖捕雁。

11月2日，星期四（猎雁日）

我们于凌晨4点出发，5点徒步穿越了平顶山。我们把行李打包留在营地，并写了便条给弗朗西斯科，请他帮我们带回郊狼营地。在黑暗中行进非常有趣，在植物茎之间开辟道路向黎里多进发的这一段路尤为有趣。太阳出来之前我们正好抵达了雁栖息的沙洲，但那里除了鸭子什么都没有。大约7点钟，卡尔出发去盐湖，查看那里是否有雁。他刚出发，就有一个白色的大鸟群振翅飞越平顶山。它们的飞行高度约30码①。如果我斜向鸟群一侧开枪，会迫使这些雁降落。但我

---

① 英美制长度单位，1码≈0.91米。

并不想去追那些受伤残疾的雁。所以我射中了头顶上处在队伍末尾的两只。此时卡尔回来了，当另一个鸟群进入我们的视野，我们开始了战斗舞。卡尔举枪，鸟群处在太阳与他之间①，但他仍打到一只。紧接着又来了一个鸟群，卡尔漂亮地射下两只雁。另一个鸟群过来，我也打下了两只雁。这就有七只雁了，已经够了。我们饿了，所以向上到了一个有光的地方，躲在一棵牧豆树下，在那里我们吃光了已经凉了的烤鹌鹑和发酵小圆饼。当时有一只雁飞来，落在我们身后18码处的地方。我们暂停了午饭和其他动作，屏住呼吸观察了它五分钟，但弗利克很不安分，尽管我的手拉着它的颈环，它还是忍不住张望。最终那只雁感到紧张，离开了这里。但是之后又来了11只，落在离我们25码远的地方。我们观察了它们很长时间。这些雁发出连续的鸣叫，就像在小声地交谈，隔远一点就听不见了。我们清楚地看到它们一落下来就去找那些粗沙砾。它们的翼覆羽像帘幕一样垂下盖在主翼羽上，就像苍鹭的羽毛。有几只雁总是昂着头，当它们晃动头部时，就是准备起飞了。这时它们成对排列，迎风飞翔，在空中排列

---

① 此时卡尔逆光，射击困难。——译者注。

环河

成队。

我们将猎到的那七只雁重新打包，带到郊狼营地。路上我们看到了一些动物的痕迹，很有可能是郊狼留下的，但也有可能是浣熊留下的，包括一团甲虫的硬翅、毛发和牧豆树的豆子。在郊狼营地我们游了泳，随后亚历克斯·索尔特安和弗朗西斯科来了。下午我们顺流而下去到拉博尔萨。涨潮了，看上去可以行驶独木舟。他们说鲨鱼能逆流而上来到这里。回去的路上，我们看到四只巨大的黑色军舰鸟向东飞去。我们还看到一只罕见的秃鹰，估计可能是卡拉卡拉鹰。今晚我们用荷兰锅烤雁。月光下，我们看到一头郊狼靠近了营地。我们掂了一下雁的重量。它们大得出奇，估算下来每只大约 5.25 磅。其中一只砖红色的幼雁实在是太娇嫩了，它的皮连同胸羽一起脱落了。

11 月 3 日，星期五

我们和索尔特安一起去埃尔多科特。大约于上午 10 点钟抵达。这里有大量的水鸭，是蓝翅鸭和绿翅鸭，卡尔打下来三只。有三只雁从空中高高地飞过。我在第一枪后开始射击①，但第二枪才射中一只。一大股泉水就像猫尾巴那样倾泻而下——泉水是暖的，甘甜可口。一大群沙丘鹤盘旋着经过，飞向南方。午饭后，有一个大约100只雁组成的鸟群降落在我们前方的潟湖上。我们四处追赶着鸟群，并且给亚历克斯发送了射击信号。他击中了两只雁，但是都让它们跑了。

这里的蜃景效应非同凡响。整个世界看起来都像是雁栖息的湿地，但是在超过半英里②远处由水汽形成的这一切极有可能都是不存在的，比如岸边耸立着的美丽的三角叶杨，还有看上去像在沙洲上站立的成行的飞禽。亚历克斯说，沼泽下方有水井，水位随着涨潮上升。有个地方，如果你用棍子刺穿泥浆，就会有一人高的水柱喷涌而出。

我们恋恋不舍地离开了，天黑时到达了圣路易斯。在那里，亚历克斯把我们放在黎里多水草丰美的河岸边，而他则继续前进去取回早上的独木舟。

---

① 几个人一起打猎，作者可能不是第一个开枪的人。——译者注。

② 1 英里≈1.61 千米。

环河

11 月 4 日，星期六

我们兴高采烈地度过了一个洗衣日，还刮掉了长得过长的胡子。我们将操舟所需的全套装备重新打包。上午大约 9 点，亚历克斯带着船回来了。我们就在黎里多河岸边装载货物以及乘船。我们需要通过许多障碍，比如两座桥和三个河狸坝等，甚至有两处，我们只能通过陆路绕行；另外还有几个流木拥塞①的流域，还有一些倒下的树，我们得把它们砍掉才能前进。在通过上述其中一个障碍时，我们干了一件新手才会干的蠢事，独木舟顺流而下，从一个大树枝的分叉上通过时，船底被戳穿了一个整齐的直径一英寸的洞。我们不得不把小船拖上岸，也成了将船拖入干坞的工人了。用一块锡罐上的马口铁、一片帆布和铅白粉，我们打了一个一滴水也不会漏的补丁。

沿途有一些有趣的风景：柳絮飘扬，许多苍鹭还有极少的鸭子。日落时，一个科科帕（Cocopa）男孩骑着无马鞍的马，沿着河岸向我们靠近，而此时我们正在柳树林中进行另

---

① 伐木工人将伐下的原木推入河流中，借助河流的力量运输，原木太多而铺满整条河道时就会出现"流木拥塞"。——译者注。

一段陆路跋涉。他在看到我们之前一直用英语咒骂着什么，但当我们问他这里离伊达尔戈（Hidalgo）大牧场还有多远时，他却表示既不会说英语也不会说西班牙语。

下午的早些时候，我们上岸，到达了一个印第安部落的林中空地上，发现了几个美味的甜瓜。日落时分，我们在河岸上放过了一只臭鼬。在我烹制晚餐时，卡尔出去了一会儿，猎到几只鹌鹑和一只鸽子。夜里非常冷。

11月5日，星期日

在烘干了几件衣服之后，我们于上午10点左右出发。今天的路好走了许多，尽管遇到一段流木拥塞的流域，我们不得不绕行陆路，并在一些其他的障碍和落地的水果之中开辟出一条道路。沿着黎里多河的旅程很惬意，两岸常见茂盛的草木，白色树皮的三角叶杨。我们能看到许多苍鹭、鹰和角鸮，还有许多浣熊和河狸的踪迹，但是没有鹿的踪迹。午饭后不久我们就抵达了伊达尔戈大牧场，但是牧场主本人并不在家。他那富有魅力的女儿很有礼貌，但是她无法告诉我们关于这片土地的任何信息。而她的情郎，穿着非常整洁的牛仔的衣服，站在平台上。他知道但是没告诉我们。我们在牧场上方扎了营，卡尔又去捕鹌鹑了。他捕到两只鹌鹑，半打鸽子。我去捕鱼，捕到许多小鲶鱼，但是都太小了，不值得清理。我设置了一个捕浣熊的陷阱，并放置了鲶鱼和鹌鹑的内脏作为诱饵。之后我就去找卡尔捕鹌鹑了。我们看到，更确切地说应该是听到，数不清的鹌鹑藏身于一片高高的野草地中，但是它们很难捕捉，也很容易就错过了。

我们今天捕到的鸽子，嗉囊中满是野瓜子。

我们享用了一顿美味的晚餐，有水鸭、鸽子、鹌鹑和土豆泥，还有卡尔做的发酵小圆饼。这是一次美妙的露营。

11月6日，星期一（来自卡尔·利奥波德的日记）

10点钟，我们向西南方向进发——独木舟、行李辎重，以及伊达尔戈先生的轻型货车上所载的全体人员。除了黎里多河沿岸，这段旅程是崎岖而又尘土飞扬的。我们很快就离开了黎里多河，在半沙漠状态的、几乎没有树的三角洲平原上行进。我们在一片苋草丛边吃了午饭——奥尔多打了四枪，猎到四只鹌鹑。

整个下午的旅程都很平稳——我们经过了位于美丽茂密的灌木丛中的拉罗马（Laroma）牛营地，并于下午4点停留于另一个营地以询问信息。那里有成百的鹌鹑和许多鸽子。我们为自己的食物贮藏又增加了六只鹌鹑。那里距离河流仅一英里，但是没有路。我们决定试试看，尽量在太阳落山之前赶到那里。穿行于茂密的阔苞菊丛和有许多小股洪水的溪谷，对我们的团队来说十分艰难。尽管前方有一大片灌木丛，空中到处飞着鸬鹚和鸭子，我们的希望却一直高涨，直到遇到了一小块泥泞的沼泽。我们以脚力远足，再向前已无路可走。天几乎要黑了，所以我们就在能找到的最平坦的地点野营。伊达尔戈讲的段子为这个夜晚提供了娱乐。

11月7日，星期二（来自卡尔·利奥波德的日记）

鹌鹑栖息在我们的小披屋六英尺①范围内的一片牧豆树丛中，我们早起出发时它们飞了出去。奥尔多做早餐，

---

① 1 英尺 ≈ 30.48 厘米。

而我则沿着沼泽向北探路。我找到一个大潟湖。正当我向营地返回时，我惊喜地发现了一只短尾猫就在那片开阔的泥岸上。在它隐蔽起来之前，我用 .30- .30 [①]的子弹打了两枪，随后弗利克吠叫着追了上去，最终我用 .32 口径的子弹完成了这次捕猎。

我们到达了一条河，发现这是一条美丽的大溪流——岸边草木茂盛，生长着垂柳。相当数量的河狸和一些鹿留下了它们的踪迹。在上游约一公里处的牧豆树园中，我们建立了永久营地。这里到处都是鹌鹑，但是已经到了贝纳多（venado）境内，所以我们保持安静（没有开枪）。晚饭前，去上游涉水探险吊起了我们的胃口。鹌鹑不会被我们的蜡烛灯笼所诱捕。

11 月 8 日，星期三

早上我们乘独木舟去考察，太阳升起不久就出发了。就在那潟湖的入河口，我们都成了著名游戏躲猫猫中的人

---

① 此处疑指.30-30型号子弹：.30 英寸口径，30 格令装药量。1 格令 ≈ 64.80毫克。——译者注

物。卡尔带着弓，他看见一只大短尾猫正在入河口的小岛上捕鱼。我们迅速进入小岛与河岸之间的地带，并把这只老猫逼进了柳树丛。卡尔带着猎枪上岸放哨，而我往回划船想把它赶出来，我们以为很容易就能逮到它。短尾猫跑出来，就在我们中间的位置，拱起身子准备跃起。直到它已经跃起 15 英尺的高度，跃过了那条小河道，我们才醒悟。而那时我只好向丛林徒劳地射击，像是为它送行。难以置信，这只短尾猫竟能从我们手中逃脱。但它做到了。

我们沿河顺流而下（只有上帝才知道这是条什么河——也许是圣克拉拉河、佩斯卡德罗河或是蜜蜂河），卡尔在柳树丛中发现了另一只短尾猫。他快速开枪将它击倒，但它爬了起来又继续逃走了。我们上岸试图追上它，但没有成功。

在营地下游约两英里处，河流开始拥塞。不久我们遭遇了彻底的流木拥塞，挡住了我们进一步行动的去路。我过去常常大言不惭地谈起轻松穿越科罗拉多迷宫的事，与之相比，现在的遭遇只是一个开始。但我们在黎里多河已经得到了一些教训。我们俩都没有任何欲望想要穿过这段流木拥塞的区域。

我们返回时捉到一只湿漉漉的潜入水中的鸬鹚。它用它的钩状喙剧烈地挣扎。我们把它放在其中一个捕短尾猫的陷阱中作诱饵。我们又设置了两个河狸陷阱。

晚上，我们向上游探索，发现了一大片长着大麻和阔苞菊的田野，但是只找到极少的鹿的踪迹。我们在一片枯萎的阔苞菊外面设置了一个捕鹌鹑的陷阱，因为我们想吃肉，又不想在营地周围开枪射击。

每晚都有一大群鸬鹚从北面飞来进入潟湖，早上又离开。实际上，在营地的内部及四周，到处都有不计其数的鹌鹑和鸽子。一些鸭子从潟湖飞过。

这天夜里，一只河狸一直在营地右侧的河里拍水。声音听起来就像一块巨大的卵石被突然丢入水中。我们有草垫，睡得非常舒服。

11 月 9 日，星期四

我们在太阳出来之前起床，向东边的潟湖出发。一大群一大群的苍鹭和鸬鹚在我们前面聚集起来汇成一片。河岸上生长着许多茂盛的牧豆树和草。河水的流量很小。在河上游大约四到五英里处，我们发现了许多美丽的大绿头鸭。潟湖分成了许多流动和静止的小渠道，前者水流很急，可以行船，只不过有些困难。我们发现鹿的踪迹非常少。

午饭后小憩了一会儿，我们决定要储存一些肉。我猎取了一只绿头鸭，而卡尔则捉了 13 只鹌鹑。我们发现，在野生的大麻丛中穿行，很容易收集到大量的豆子，只要把手弯成杯状，让豆子从头顶落下来就可以了。我们捕到两只白骨顶用作陷阱诱饵。另外我们还猎到了一只正在追苍鹭的隼。

在回去的路上，我们突然意识到，从我们左侧丛林中传出来的巨大嚎叫声，并不是苍鹭与飞禽平常的呱呱叫声和打斗声，而是真真切切的穷街陋巷中猫打架的声音。它们会用爪子、猫须和身体的一切部位作为攻击的武器。我们迅速向声音传来的地方进发，但是与我们相对的逆风停止了①，当我们终于能在背风处观看这场打斗时，它们突然停止了。我们瞥见其中一只打架的猫在阴影的遮蔽下偷偷溜走，但没来得及开枪射击。

我们的诱饵落空了。自此，我们就该在三角洲那无边

---

① 野生动物嗅觉灵敏，猎人在逆风时不容易被猎物察觉。——译者注。

的绿色丛林中，寻找那片用线穿在青鹭上的培根肉[1]。我们用白骨顶重新做了诱饵。在营地的正下方我们看到了一只白鹭；还有几只白色的鹭和许多秃鹰。卡尔晚饭前在那里狩猎，还发现了许多新的鹿的踪迹。

11月10日，星期五

我们组织了一次捕鹿行动。我埋伏在营地附近的小路上，同时卡尔在东侧伏击猎物。然后他回来埋伏，而我去西边围捕。这次行动一直持续到中午，但是没有看到鹿，尽管昨晚它们在距营地不足20码处留下了新鲜足迹。在狩猎点的其中一个陷阱里，我发现了一只墨西哥黑鹰，我们在里面布置了白骨顶作为诱饵。鹰和秃鹰太多了，以至于我们都不能把诱饵暴露出来。

今天中午，卡尔用抛线钓到了一条大鲻鱼。

早上时我们俩看见了一只短尾猫。因为担心破坏猎鹿行动，我们都没有开枪。卡尔原本有十足的把握击中它。

---

[1] 这是一句俏皮话，青鹭叼走了作饵的培根肉，作者兄弟两人很沮丧，他们开玩笑要在这一片找到那只青鹭，看上去应该像是绿色丛林中的蓝色的培根肉。——译者注。

人们通常通过辨别鹌鹑的鸣叫来定位短尾猫的位置。鹌鹑几乎无处不在，人们可以通过鹌鹑的鸣叫和冲撞追踪到穿过树林的任何人或物。

我们在坎波德尔加托（Campo del Gato）地区下方进行夜间狩猎。在一大片牧豆树中发现了大量的猎物踪迹。卡尔错过了一头郊狼，这头狼几乎就要撞上他了。我们返回时，鸬鹚在柳树中栖息。

11月11日，星期六

整个早上，我们都在对抗着强劲的水流，划着小船逆流而上。午饭后，我们发现了一个陈旧的畜栏，还捕到一大堆鹌鹑。我们还看到一群鹤，从潟湖上方盘旋着向东飞去。

距营地上游约两公里处，河道变得狭窄，水流湍急，沿岸都是垂柳。

晚上我们又在这个地点狩猎。卡尔找到一处干涸的泥沼，他认为在我们上一次狩猎，也就是昨天早上之后，有幼鹿曾在这里嬉戏。我站在过道上，试着去数飞进来的鸬鹚群，但最终还是放弃了。这得有好几千只。它们栖息在树上，但是除非它们的栖息处距离水面很高，否则起飞时它们会先用脚击水，使自己得到助力。若是在夜晚受到惊扰，不知道它们是否还会再回到树上。如果不回到树上，它们可能在水上过夜。这就能解释，为什么在潟湖和河里总能找到几只不飞的鸬鹚。

我们重新布置了营地上方的其中一个陷阱，用剩下的绿头鸭和鹌鹑作饵，来诱捕短尾猫。

11 月 12 日，星期日

首先巡视了昨天没有检查过的陷阱。河狸陷阱已被触发，但是里面空空如也。我们在另外一个地方重新布置了一个。短尾猫陷阱里有一只小浣熊。它看上去湿漉漉的，非常孤单，但皮毛看上去很漂亮，之后我们又重新布置了陷阱。它被困了一天，被夹住的那只前腿上的凹陷处的腺体已经红肿发炎了。我们收拾好它，准备去德尔加托的牧豆树园子猎鹿，但因为风向变了，我们便转去了大麻丛。我们在卡尔 11 月 10 日射击郊狼的位置附近看到了栖息的渡鸦。我肯定那头狼就在那附近，但是我们没能找到它。

返回时我们看到七只绿头鸭，漂在小渠中。在那里，卡尔捕到了他的猎物——短尾猫。我们悄悄地前行，我朝一只大绿头鸭打了两枪，但是没能击中，第三枪击中了一只雌性绿头鸭。它起飞晚了，努力去追赶它的同伴。弗利克敏捷地将它从阔苞菊丛中捕了回来。

今天早上，卡尔又一次看到了鹤——一大群鹤。他说它们通体白色，翅膀尖端为黑色。

划船返回时，我们在小溪附近一片植物茎下再次听到了响亮的溅水声。我非常肯定那是一只河狸，它正在那儿晒太阳。也许是一只浣熊。

傍晚我们沿河东岸向北行进，捕到 14 只鹌鹑作肉类储备。晚上我们用牧豆树枝生火熏烤鹌鹑。那里鹿的踪迹非常少。晚餐我们吃了鹌鹑、面条和玉米面包，还有葡萄干。我们用牧豆树枝燃起大篝火来庆祝留在这个营地的最后一夜，并计划着最后一次猎鹿。

11 月 13 日，星期一

我们比往常起得早，向潟湖进发。巡视陷阱后，发现一个陷阱里有一只死去的秃鹰。潟湖上游着一大群绿头鸭，但我们没敢开枪。在那个陈旧的畜栏向上一点点的位置，卡尔看到岸上的一片植物茎和牧豆树下有一整群动物。我们希望它们是猫，但是当我们划着独木舟悄悄地靠近，才发现它们是浣熊一家。我举起枪，第一枪打中了一只浣熊，并打算第二枪打到那只大的。然而那只大浣熊不见了，所以我们放弗利克去追，不久后就听到它在距离湖岸一百码处一个茂密的牧豆树丛中吠叫，那里到处都是深泥淖。我们冲上岸，在一堆枯萎的灌木下面找到了跛腿的大浣熊。这些浣熊大而肥，皮毛也比先前那只好。

我们继续向潟湖进发，并在北岸捕猎，但是只找到非常少的猎物踪迹。像平常那样，我们发现了大量的鹌鹑和鸽子。之后，吃着午饭，我们向潟湖下游漂流，然后在猎到浣熊的位置上岸，顺便找一些绿头鸭，它们总是有规律地经过。它们持续地通过，但是总看着我们和那些浣熊。浣熊身上覆盖着厚厚的脂肪，看上去就像一大块油脂。

回到营地，我们在离开时略带惋惜地检查陷阱。卡尔又用他的抛线钓到一条鲻鱼。他在潟湖中射击一只水鸭时弄丢了他的烟管。我们将包括草垫床在内的全套装备打包，最后一次沿河顺流而下到达坎波德尔加托。我们在那里等到晚上，伊达尔戈带着他的队伍如约到来。我们烤了绿头鸭作为晚餐，庆祝野营的最后一夜。夜里，我们听到了沼泽地里的啸声，伊达尔戈说那是河狸发出的声音。睡觉时我们还听到了雁从我们这儿飞向下游，往东飞去。它们是我们在这一地区唯一一次遇到过的雁。

11 月 14 日，星期二

我们起了个大早，赶在太阳升起之前吃完早饭。不要把空水壶重新装满发酵的酸面团——它是愉快日子过去的悲伤标志。抵达卡舒里拉（Cachorrilla）时，在清晨阳光的雕琢下，古老的谢拉马约尔（Sierra Mayor）被投射出的形状和光影不断变幻。清爽的风从北边吹来。

在卡拉巴萨斯（calabasas）的田野上，无数的鹌鹑外出觅食，鸣啸着迎接温暖的阳光。我们在四轮马车旁边徒步行走，猎取了最后 14 只上好的鹌鹑。

我们经过时，一些白色的苍鹭正面朝北方停在潟湖上。我们穿过一片下田菊时，看到五只鹈鹕经过。我们猎到一只胫骨尖锐的鹈鹕。中午，我们赶到伊达尔戈的家，并被邀请共进午餐。当我们吃着玉米面团包馅卷，喝着咖啡的时候，狂风劲吹，裹着沙子吹过他家餐厅的篱笆墙。一只宠物猪、弗利克、另外两只狗、五个孩子还有一匹母马守卫在门边，眼巴巴地看着主人桌子上的残羹冷炙，待我们吃完，他们就涌进过道。一个白牙黑脸的小男孩儿围在弗利克身边一直试图喂它吃西瓜，他不厌其烦地重复，仿佛认定西瓜对狗来说也是一种美食。一个瘦弱的小女孩儿，穿着破旧的大衣，坐在昏暗的角落里，用她温柔的大眼睛望着我们。整个过程中，主人一直为我们倒咖啡，兴致勃勃地带着夸张的肢体语言向我们历数当年他作为自由牧者，在亚利桑那州边境寻宝和冒险的故事。关于冒险，他的故事很多，关于财富，许多故事只是开始。与此同时，狂风吹着沙子，小男孩儿反复用西瓜喂弗利克，而那个小女孩儿就用大眼睛看着我们。最终，咖啡壶干了，我们启程了。

我们在太阳落山之前抵达圣路易斯，搭乘一辆拉牛肉的车前往尤马，晚上8点到达。洗了澡，给我们的好朋友弗莱上校打了电话，我们就搭乘午夜的火车回家了。

科罗拉多河三角洲，1922

加拿大，1924

伊利　明尼苏达州（P. O. Ely, Minn.）

1924 年，6 月 11 日

星期三中午，我们乘一艘旧艇，从明尼苏达州的温顿镇（Winton）起航，逆流而上去往福尔（Fall）湖，再乘卡车行驶 4 公里经过一个老的原木分级场，进入巴斯伍德（Basswood）湖的西南方水域。在这里，我们载满了两艘 16 英尺的拉辛小艇，向东北方向的国境线进发。大约下午 5 点钟，我们抵达加拿大巡逻站，奎蒂科省立公园（Quetico Provincial Park），从管理员西利（Seeley）处购买了许可证，向北行驶约一公里，在该处搭设营地。施塔克对于钓鱼的热情高涨，所以我们就划船去了一个小岛上，钓了两条狗鱼作为晚餐。

我们的营地就在一棵直立的挪威松下方，隐夜鸫正站在上面唱歌。很明显，加拿大一侧的松树，都还未被采伐，烧毁的也不多，而美国一侧的松树则一棵不留。幸运的是，不计其数的小岛上都覆盖着成熟的松树植被。

我们烤狗鱼作为晚餐。晚上 9 点我们上床睡觉时，天还没黑。

6 月 12 日

大约清晨 4 点半，我们放弃了赖床。吃早餐时，我们看到一只黑色的绿头鸭和几只小秋沙鸭经过。我们向北前往加拿大的目的地。在湖面的宽阔处我们发现了一大群潜鸟，它们的鸣叫声回荡在岸上的松林间。施塔克正进行拖捕，用他就地找到的寄生虫捕了一条大狗鱼。尽管这条鱼很肥，我们还是把它放了回去。大约上午 10 点，我们抵达巴斯伍德河，不久到达第一个瀑布。我们在瀑布附近上岸检查装备，虽然它们便于携带，但不太可能一次就全部运到目的地。吃了午饭，卡尔和弗里茨（Fritz）提到两条上好的大眼狮鲈，这是我们在放走那条狗鱼之后的收获。几只红胸秋沙鸭从这里飞起。之后我们又行驶到下游的瀑布处。在瀑布脚下，弗里茨又逮到一条大眼狮鲈，施塔克捉到一条狗鱼。大约下午3点，我们行驶到另一个非常美丽的瀑布处，上岸搭设营地。这处瀑布很可能是河流的尽头以及克鲁克德（Crooked）湖的入湖口。这处营地的风景相当优美，处在碧草丛生的小山上，能够俯瞰瀑布，旁边的国界碑正好用来作为帐篷桩。

我们用酸辣芥末酱煮大眼狮鲈作为晚餐。晚饭后，我们把食物送给了一个印第安人，他乘着桦树皮独木舟沿途探险。之后我们就去钓鱼了。卡尔在瀑布下挑逗一条巨大的狗鱼，但是无法钓到它。弗里茨钓到一条大眼狮鲈，又把它放了。一场暴雨过后，天空放晴，美丽的夕阳照耀着天空。我们又去钓鱼，施塔克完全靠他自己的力量钓到一条大眼狮鲈——他正在学习如何抛掷拟饵钓鱼，卡尔钓到了一群白眼鱼的"祖先"，一条美丽的四磅重的大鱼。这条鱼是在河流的阻塞处钓到的。每个人都钓到了狗鱼。在度过了十七个半小时后，我们于晚上9点上床睡觉。虽然这时天还未全黑。

6月13日

大约7点钟上路。我们在彩色的悬崖附近徘徊，弗里茨和施塔克看到了两头雌鹿。我和卡尔试图过去拍照，其中一头突然警觉，以40码的时速逃掉了。这一幕非同寻常。我们错误地去往布莱恩德（blind）湾，发现了一个泥炭沼泽地，上面印着驼鹿的踪迹。显而易见，驼鹿是进来寻找百合花的，这种花的根部长着一圈红色的叶子。驼鹿的踪迹在湖床和岸边都能见到。

过了一会儿，我们来到了河道狭窄处。这里的河流中简直塞满了大狗鱼——我们捉了几条，又把它们放回去了。

我们刚出发，就在青草密布的河岸上看到两头鹿。我和卡尔悄悄地靠了过去。在距离四分之一英里处，它们似乎发现了我们，但仍然继续觅食、嬉戏，像一对小狗，用前腿攻击对方，又向旁侧躲闪回避。它们躲在红色百合花的后面，水面上漂浮着一些枝条。风向和光线都对我们有利，我们在靠近它们已不到30码的距离处站起来，拍了两张照片。

我们在一块坚硬的岩石上吃午饭。这是个很好的歇脚的地方，开阔而有微风吹拂。深水塘中满是大狗鱼，沿着河岸线有闪闪发光的鱼。弗里茨捉到一条7.75磅的鱼，而施塔克逮到了一条略小的和一条大眼狮鲈。许多松鸡拍打着翅膀。在一棵老短叶松上，一对双色树燕在啄木鸟洞中筑了巢。这个洞中还住着大红蚂蚁。我无法想象这些幼鸟如何与大红蚂蚁共存。

我们继续穿越克鲁克德湖，我捉到一条 5.25 磅的大眼狮河鲈用来做晚餐。我们在一个岩石小岛上野营，岛上只有六棵树，没有蚊子。我们尝试烹制了蔬菜烩鱼，里面有切成大块的无骨的厚实的大眼狮鲈，以及火腿、马铃薯、混合的脱水蔬菜、米和面条。这道菜做得非常成功。我们先喝了汤（因此就不需要热饮了），之后再吃其他的东西。这道菜太美味了，我们将其命名为"荒岛蔬菜烩鱼"，而把我们的营地命名为"蔬菜烩鱼岛"。

晚饭后，弗里茨和施塔克回到河流的狭窄处，水流湍急的地方。我们曾在那里看到许多大眼狮鲈，而我和卡尔则去拖捕鳟鱼。然而，不久我们就被湖对岸传来的持续的喊叫声转移了注意力，我们觉得这要么是一头小熊崽（它的叫声非常像动物幼崽），要么是一头小驼鹿。我们上岸，发现了一个带有泥炭沼泽的湖，沼泽上满是驼鹿的脚印、小片植物丛、动物踩出的小径以及大量的动物痕迹。这时叫声停止了，风正吹向我们。我们将小艇举起，发现我们正处在这个湖与男孩儿们捕鱼的小渠的连接处。他们已经将一条大狗鱼拖上岸，正在逗弄另一条。那条狗鱼驱赶着闪闪发光的鱼群游向河岸的岩石下，被它们围了起来。米诺鱼在水中四处冲撞，而狗鱼则在浅滩中横冲直撞。几乎每一次投饵都能钓到狗鱼。弗里茨在鱼钩上装了匙状拟饵钓鱼，以便把它们取下放生。我们每个人都钓到了狗鱼（和一些大眼狮鲈），直到蚊子和即将到来的黑夜将我们赶回营地。我们拖回两条大鱼，准备明天给它们拍照。

天黑后，在9点半，我们清楚地听到了松鸡的咕咕声。今夜几乎是满月，隐夜鸫也都在唱歌。

6月14日

今早起床有点晚，我们大约7点钟出发。钓了一会儿鳟鱼，但是除了小狗鱼之外一无所获。我们穿越克鲁克德湖的支流继续向西。一队印第安人朝拉克鲁瓦（La Croix）前进，超过了我们。我们抵达柯廷（Curtain）瀑布吃午饭。距瀑布两公里处，我们能够听到瀑布的声音，距瀑布四分之一英里处充满雾化水汽的空气，潮湿而凉爽。这道瀑布确实是一道壮观的景观。

一只有冠羽的啄木鸟，飞越了瀑布附近的小道。我们之前听到它们在林中拍打翅膀。

我们在瀑布那儿开了一个会，决定清除障碍向北进入荒野，而不是继续沿着肖特斯（Shortess）岛附近印第安人的路线行进。我们去向下游第一个水湾，误认为该在那里上岸，并发现了一个隐蔽的小湖，湖上有一只鹰。我们在湖口的沙滩上看到了驼鹿、鹿和熊的脚印，而且都很新鲜。

在水湾中的一块裸礁石上，我们发现了一个鸟巢，有三只银鸥的幼鸟。成年银鸥在我们头顶上盘旋，并试图将我们赶走。当我们接近时，幼鸟向水边靠近。我们将其中一只赶下水并捉住了它——这是一只毛茸茸的小鸟，白色的身体上带有黑点。它不会潜水，但是游得很好；然而，它们的羽毛太容易吸水了。

我们尝试在第二个水湾处上岸。一头雄鹿在我们上岸时，打着响鼻向山上奔逃。我们在沙滩上看到了它的脚印。我们在这条路上看到两只松鸡以及一些驼鹿和鹿的脚印。跨过一个不知名的湖，然后进入罗兰（Roland）湖行驶。显而易见，这才是真正的北方地区的碧水，而不是像克鲁克德湖和巴斯伍德湖一样的褐色水域。我们在一处美丽的、布满石蕊的岩石滩扎营，营地背靠松树。晚饭时，隐夜鸫为我们唱着小夜曲，远处的水湾传来一只潜鸟的叫声。施塔克像平常那样去钓鱼，在小艇登陆时钓到了一条鱼，我们（根据它身上的斑点）推测这是一条小狗鱼，但是狗鱼不会这样挣扎。把它拉上岸后，我们才发现这是一条拥有美丽斑点的鳟鱼。它挂在一个无倒钩的匙状拟饵上——从此以后我们都使用这种鱼饵。施塔克又钓到了两条鳟鱼。我们之前有两个较大的目标——去看驼鹿以及钓鳟鱼，而钓鳟鱼的目标我们已经达成了。

晚饭后，弗里茨在松林里偶然发现了一只雌性绿头鸭产下的八枚卵。在这片物产丰富的地区有大量的冒险活动等待着我们，似乎没有尽头。看着灰色的暮光没入湖中，我们可以真心地说"我们走过的地方充满快乐，我们走过的小路平静安宁"。

6 月 15 日

早饭时的烤湖鳟绝对是我们吃过的最鲜美的鱼。

渔线上所有的鳟鱼都死了。在水中没有紧密围栏的条件下，我们想不出什么办法养活鳟鱼。

当太阳升起时，一群白喉带鹀在歌唱。它们的声音就像"啊，加拿大！"感谢主，让这个国家像现在这样。

我们在营地忙得像只蜜蜂，洗衣、缝补。然后，我们去湖边考察，确定了明天去特劳特（Trout）湖的路线。辗转来到沙滩，那个我们发现新鲜驼鹿脚印的地方，我们美美地游了泳，只不过时间很短，湖水很凉。返回营地途中，我们拍摄到了绿头鸭巢的照片。这个巢穴是由一个中空的壳构成的，里面铺着干燥的褥草，悬挂在一棵小云杉的枝条上。穴口的边缘是完美的圆形，并且是由雌鸭的灰色绒毛构成的。雌鸭在水中起飞的行为与在陆地上完全不同——从陆地上起飞时像个跛子，而从水中起飞时它可直接跃向空中，而且几乎不鸣叫。巢穴只有八枚卵就满了。

在我们煮茶准备午饭时，施塔克又钓到一条鳟鱼。小憩一会儿后，我们投入到一项非常严肃的工作中，那就是去钓一些米诺鱼作夜钓的诱饵。之后我用白雪松为施塔克做了一张弓。傍晚我们钓了一些鳟鱼，并用其中一条作晚餐。这是一条雌鱼，鱼肉是粉色的，而先前的那些鱼肉都是白色的。第一次掷饵只捕到小鱼，说明大鱼已经习惯了匙状拟饵，对它不再感兴趣了。前三条米诺鱼还能引来鱼儿咬钩，但是之后就不起作用了。

我和卡尔在营地背后的水湾里钓鱼时得到了一些教训。水面覆盖着柳絮，粘住了渔线和金属环，所以我们几乎无法掷饵。

　　　　　　　　　　　　　　　　　　　　　　环河

到了晚上，一只单独行动的潜鸟用它寂寥的声音为我们唱着小夜曲。弗里茨将这声音模仿得惟妙惟肖。这声音似乎在夜晚盛行，而在白天则常常是类似于嘲笑的声音。卡尔想起大约在 1905 年，我们和父亲去德拉蒙德（Drummond）岛旅行途中，在夜晚听到的类似嘲笑的声音。

上帝真是太仁慈了，他将潜鸟和它的歌声投放到了这片寂寥的土地上。

6 月 16 日

我们于 7 点钟出发，踏上去特劳特湖的道路。一股强劲的西南风使我们在驶过湖面登陆小岛的过程中经历了一番挣扎。我们从此处沿着背风岸向西南方水域进行探索旅行，那里有很美的沙滩水湾，我们注意到所有的雪松的落叶位置都在六英尺高的高水位线上。我们登陆后，确定这里毫无疑问是一个冬日的"鹿园"。偶尔出现的云杉并没有经过修剪。沿着河岸线，雪松的枝条从被冰霜侵蚀过的雪中伸出，悬于水面上方。

我们将衬衣下摆系在一起作帆，把小艇并排摆放，返回湖里迎风抛下四张网，可以在我们行船时进行拖钓。我们钓到了一条大鱼，后来发现它是一条四磅重的鳟鱼。它被钩得牢牢的，我们用它做了晚餐。然后我们换上了无倒钩的匙状拟饵，立刻钓到一条小鳟鱼，这表明诱饵的尺寸是否合适与鱼的尺寸大有关系。

我们在一个梦幻般的小岛上吃了午饭，该岛仅由一块岩石和一棵树构成。看着要下雨的样子，我们决定不再赶去达基（Darkey）湖。我们支起帐篷，在瓢泼大雨来临前及时从对岸取了一些木头匆忙堆起，之后我们就躲在帐篷里炖鱼了。

雨天观察

卡尔：这个国家有个好处在于河岸线上没有锯材①。自我们离开巴斯伍德湖，还没有看到锯断的树桩。

弗里茨：我们不知道自己在往哪儿走，但总能找到目的地。沿着大湖的湖岸通常只有一条路，我们总能知道它的尽

---

① 加拿大的林木还没有受到大规模的采伐，所以没有出现采伐下来的木料被堆在河岸两侧，等待运输的现象；而在本章一开始，作者就描述了加美国界处，林木采伐截然不同的两种现象，参见本篇"1924 年，6 月 11 日"，第二段。——译者注。

头是什么。这里有二十条路，并且每一条路的尽头都不一样。

　　施塔克：没有印第安人或者旅行者来打扰我们。自离开柯廷瀑布，我们只见到过一次像去年那样的营地。

　　我们在罗兰湖发现了一种新的水蛭。通体橄榄绿，身体两侧各有一条橙色的线，沿背中线有一排橙色的点。

　　我们这座岩石小岛上覆盖着灰色的地衣，在干燥的天气里它们是平整的，只暴露出干燥致密的上表面，以此保持最小的蒸发量。一旦一滴水落到了它们上面，其表面就变为橄榄绿色，外边缘蜷缩，向雨滴暴露出它可吸水的粗糙的下表面。我们去过许多地方，发现初生的地衣要长成覆盖在岩石上的成熟地衣是需要很多年的。

　　临近傍晚，天气晴好，我们都去钓鱼。钓到了几条小鱼，然后回去吃晚饭（晚饭是烩鳟鱼，非常美味）。晚饭后，大约日落时分，我们注意到鳟鱼在水面翻腾，于是试着去钓鱼。弗里茨钓到一条大鱼，我们和它艰难地搏斗了 36 分钟。这条鱼极其执着地发出声音。最终弗里茨将它钓了上来，当它被摔在船底时，不带倒钩的匙状拟饵从它嘴里脱落出来。它重六磅，28.75 英寸长。我们将其捆绑过夜，第二天拍照后再放生。这是一条很棒的鱼，是我们能想象到的最顽强的斗士之一。当我们与这条鱼缠斗时，潜鸟在叫着，白喉带鹀唱着歌；我们带着它回营地时，一轮满月已悬于东方，我们不得不借着火光读取这条鱼的尺寸。

6月17日

7点稍过，我们打包了装备上路。今天是一个阳光明媚的晴天，北风劲吹。我们发现去达基湖的路线非常险，路上满是倒下的被火烧毁的松树。在第二次旅行中，我们恰好碰见一对带领着至少十到十二只雏鸟的山鹑，我们捉住了其中的两只拍照。成年的雌山鹑发出了好几种叫声，一种是像牛蛇一样的嘶嘶声，是为了恐吓敌人；一种是像母鸡一样的咯咯声，用来安抚这一窝雏鸟使它们靠在一起；另一种声音是猫鹊似的喵喵声，显然意味着警报；还有一种喳喳的警报声像是甘氏鹑。我不确定是否是雌山鹑发出了所有的这些叫声——它和雄山鹑一直待在甲板上，试图反败为胜。雏鸟们和其他幼鸟一样唧唧叫着。它们浑身都是绒毛，我猜它们还不到一周龄。

我们去寻找印第安人留下的印迹，它们应该在达基湖

环河

下方的岩壁上，但是没找到。这里的水质中等——既不像特劳特湖那样绿，也不像克鲁克德湖那样棕。我们发现湖里有狗鱼、河鲈、大眼狮鲈、鳟鱼，很不幸，还有鲤鱼。

我们去湖口下游的西北支流探险，希望能找到黑鲈。我们确定看到了一些小的。在湖口附近我们发现了一大群三四磅的鲤鱼。我们用匙状拟饵钓鱼，十分有趣。我还试着用弓箭捕鱼，之后又用了尖端带铁钉倒钩的矛。矛用起来正趁手——第一次出手就正中后背捉住了一条大鱼。这些鲤鱼很活跃、顽强，颜色也很美丽，它们正大量产卵。当上钩的鱼产的卵落入水中时，便有大量的米诺鱼聚集起来将它吃掉。

返回水湾后，弗里茨和我看到一头雌鹿，我们给它拍了一张照片。我还钓到一条大狗鱼，它的喉咙里伸出一条一磅重的鱼的尾巴。我们没有钓到黑鲈。为了晚餐，我们所有人都出发去钓鱼，用的鱼饵是施塔克在出水口处捕到的上好的米诺鱼。安装上浮子后，我们在野营点的岩石上向外抛饵垂钓，我在那儿钓到一条大鳟鱼，把它作为晚餐。晚饭后，我们钓到一条大狗鱼和几条大眼狮鲈，这些鱼都被我们放生了。

6月18日

这天早上我们都很懒，一直睡到大约6点半。在床上的最后一个小时，我们一直在消灭那些吸饱了血的大蚊子，它们通过各种方法进入了我们的蚊帐。我们在达基湖的营地很美，位于一个高高的海角上，三面深水环绕。大约8点，我们顶着从东边刮来的强逆风离开营地。事实证明，在去邦特（Bunt）湖的五条路线中，第一条是个中规中矩的建议，其他的四条路线则是真正的挑战——是我们迄今为止遇到最艰险的路线。

我们将小艇安置在浅水中，蹚水走到一个长着挪威松的小岛上，在那儿吃午饭。

午饭后我们继续东进，进入连接着湖东部和西部的渠道的东北末端。这个地点尤为吸引人，因为这里火烧的痕迹少于我们目前去过的任何国家。

我们在一连串的四个小岛中最西边的岛上野营。营地搭建得很整齐，因为我们预计要在这里待两天。

根据多种信息判断，我们昨天见到的鹿以水中长出的木贼属植物为食。

在狭窄的内陆河道，以及离岸一到几公里有开放水域的开放湖岸上，都能发现河狸的巢穴。

在探查这个小岛的细节时，我听到了一段持续的唧唧声。之后，我们发现了一个潜鸟的巢穴，里面有一只雏鸟和一个已经部分破壳的鸟蛋，里面有活着的雏鸟在唧唧地叫着。鸟蛋很大——大约是一个鹅蛋的尺寸，其颜色为暗棕色，上面不规则地分布着黑色斑点。雏鸟为灰石色，爪、喙是黑色的，腹部发白。

晚饭时，两只成年潜鸟从距离 60 码远的位置观察着我们。晚饭后，当我们都进入帐篷并悄悄地待在里面时，雌潜鸟鼓起勇气来到距离我们白色帐篷 30 英尺之内的地方，此时它将雏鸟带出来和它一起进入水中。当雌鸟冒险时，雄鸟在约 40 码外向它发出安抚的低叫。

6 月 19 日（卡尔·利奥波德）

大雨从 4 点下到 7 点——我们忙着在帐篷里填补裂缝。在享用了美味的雨天早餐后，奥尔多率先剃须洗衣，弗里茨、施塔克和我随即效仿。直到现在，营地中仍然挂满了各式各样的衣物。对于旅行来讲，这天气太阴晴不定了，所以我们花费午饭前的时间进行修理安顿；我们还烤了一大炉圆面饼。

我们之前看到的潜鸟待在巢穴里，一早上都在那儿。它的配偶潜入巢穴中，显然是带回了食物。巢穴距离我们的帐篷25英尺远。

午饭早早地准备好了，当时我们发现一头年轻的雄驼鹿正游过渠道去往我们营地的西侧。我们放出小艇追上驼鹿，追着它返回了南岸。它在我们距它身后还有六英尺时，突然从水中跃出逃进了云杉林中。奥尔多拍了两张照片。

我们吃午饭时，一头美丽的雌性白尾鹿正沿着营地东侧的河岸吃草，它是淡红色的。

下午我们探查了营地南侧的无名水湾。奥尔多捉到一条狗鱼和两条大眼狮鲈作为我们的晚餐。弗里茨烤了一个很大的玉米面包，最后我们以面条结束了晚餐。

潜鸟的故事有了结局。今天早晨，第二只雏鸟显然孵化出来了，它们的双亲忙着将它们转移到更加安全的地方。年长一点的雏鸟在父母的呼唤下匆匆地离开，而比较弱小的那一只被落在了后面。弗里茨和我带它去了离我们营地一段距离的另一个小岛上，希望它的双亲能够找到它。

环河

6月20日

天刚亮我们就起床了，打包，大约在 6 点半上路，向东赶路去布伦特（Brent）湖，那里有满布云杉的湖岸以及许多吸引人的岛屿。我们看到一只蓝翅鸭和一对身后跟着两只小雏鸟的潜鸟。我们从布伦特湖东南方的水域向下，经过一段风景优美的路线进入一个不知名的小湖，在那里邂逅了另一对潜鸟"夫妇"，雌鸟的背上背着雏鸟。我们的下一段路程通往麦金太尔（McIntyre）湖。我们前进的路程一直延伸到海峡，直到西南方入海口波涛汹涌的海面让我们想去尝试东南方入海口处更为平静的路线。我们找到了一条大约半公里长的通向萨拉（Sarah）湖的古老小径。在这条小径上，我们发现沼泽里有一些非常可爱的粉色凤仙花，还有山鹬妈妈带着一窝雏鸟，它们甚至比我们几天前见到的那些雏鸟还要小。当我们接近那些雏鸟时，成年雌鸟就像小狗那样悲鸣。当我们离开时，它走路都跌跌撞撞的。它一直在我们前面，几乎把我们带到了湖边。

这条路线会穿过美丽的桦木林场，里面生长着槭树、榛树和矮灌木丛。除了在一些零星的时间里，天空一直没有放晴。在这条路上，我们发现了一些狼或者熊的踪迹，上面还栖息着一大群北美大黄虎纹凤蝶。

离开麦金太尔湖之前，我们在石岬看到一头大的、亮红色的鹿。麦金太尔湖的水位很高。里面可能没有鱼。

我们在萨拉湖东北方水域下游的一个河狸巢穴附近烹制午餐。此处河岸上树木的新鲜切面（大都是山杨和桤木）比我们在任何地方见过的都要多。在最近去过的几个地方，我们见过一些被河狸啃噬后枯死的老松树原木——它们显然是河狸用来磨牙的。

所有的水流现在都覆盖着一层短叶松的花粉，所有岩石被花粉遮住的地方连成了一条线。它们似乎不会像柳絮那样粘住钓线。

我们在萨拉湖上往南向海峡前进，在那里的松树岛上扎营。岛屿的海岸陡峭，长有少量的矮灌木。我们原以为已经结束了托幼任务①，不久却发现自己的营地处在一个典型的幼儿园里。卡尔发现了一个潜鸟的巢穴，里面有一只还在孵化中的鸟蛋和一只已经破壳的幼鸟，而施塔克就在

----

① 6 月 19 日最后一段提到，他们曾照顾一只潜鸟的雏鸟，希望帮它父母找到它。——译者注。

我们扎帐篷的地方找到了一个满是小灯芯草雀的巢穴。我们转移到另一个地方，但是幼鸟们不久就在营地内到处蹦跳，而成鸟们一直在"斥责"我们。我们新认识的那只雌性潜鸟则在我们背后的水渠内"抱怨"着。

我们试着捕鱼，但是这里刮着东风，我们只捕到一些大眼狮鲈用作晚餐。

我们整晚都听着水渠对岸树木撞击的声音——毫无疑问这是河狸的杰作。蚊子很少，所以我们晚上睡得很好。

6 月 21 日

早饭时，三只美丽的潜鸟几次游到距我们不到 60 码的地方观察我们。它们显然很好奇。我们注意到"笑声"的颤音是通过下颚的振动产生的，而不是仅由喉部的机械运动产生。而且，"笑声"是作为一种警告或恐惧的信号被广泛使用，当潜鸟焦虑或者惊恐时，几乎不会发出那种"孤独的"叫声。

我们打包了午餐，沿生长着大型椴树的小径出发。我们试着在一个正好跨越营地的瓶颈形水湾捕鱼，但是用匙状拟饵一无所获。然后我们又尝试了狗鱼-米诺鱼栓型饵，立刻就有了收获，我们撤掉了两组鱼饵，放这些鱼儿们一条生路。用猪肉包覆的旋式诱饵也钓到了一些鱼。被单个鱼钩钩住的鱼，最多能跃起四次，而用栓型饵钓到的鱼最多跃起一次。如果我们能自己取下钩子，就不用栓子了。卡尔还钓到两条巨大的狗鱼，一条是用无倒钩的匙状拟饵钓的，而另一条则是用猪肉包覆的鱼钩钓的。每一条鱼我们都花了40分钟才拖上岸——它们实在是太重了，以至于用轻便的鱼竿拉它们就像是在拉铁道上的枕木一样。两条鱼身上都有伤痕，小一点的那一条背部有一道愈合的伤痕。两条鱼等长，但是第一条鱼更宽更沉。这样大的鱼，没法抓住它们的鳃盖——只能通过抓住鱼鳃后的齿状物来挪动它。即便如此，人的手也无法握住一条如此大的鱼。我们在桨上标记刻度，并取来施塔克的弓作为砝码，利用杠杆原理估算出弓的重量是鱼的三倍，以此得到了鱼的重量。据此，我们还算出了标记刻度对应的重量。

因为这个水湾中有许多大狗鱼，像战舰一样，所以我们将它命名为战舰湾。水湾里有一个大的河狸巢穴，最近添加了许多剥了皮的山杨和桤木以及没剥皮的桦树的枝

环河

条，往湖中延伸了好几英尺。显然桦树不是用来食用而是用来作为建筑材料的。岸边巢穴较为陈旧的部分已用沙砾和泥灰补过了——显然，这在去年冬天被使用过。

剃须时我的眼镜碎了——好在还有一副备用的。

美美地小憩之后，我们都去游泳了。我们从一块陡峭、光滑的岩石上跃入深水中，进去之后感觉水似乎不那么凉。之后我们享用了一顿豆子汤、黑鲈和圆面饼组成的大餐。晚饭后我们返回水湾区查看黑鲈咬钩的情况。它们没咬钩，但是河狸的表演却精彩得多。一只河狸在水湾镜面一般的水面上嬉戏，在距离我们仅30码的距离内溅起大股的浪花。我们捕到一些大眼狮鲈并返回营地。

在水湾出口的狭窄处，布满了鹿的踪迹，这些踪迹在水下四英尺处清晰可见。

我们睡觉之前，弗里茨几次用手指发出潜鸟那样"孤独的"鸣叫，惊起了几公里内的所有潜鸟。一些在麦金太尔湖的潜鸟隔着山回应了他。

今天有好几次，我们都觉得从萨拉湖的东北方向听到了瀑布的声音。明天我们将去那儿探查一下。

6月22日

我们动身前往萨拉湖东北方水域，去看看我们能发现些什么。当我们向下游去往大水道，施塔克用捕鱼竿拖捕到一条很棒的湖鳟。我们将之保存起来用作晚餐，我们一致认为这种鱼远比其他任何鱼美味。

不久我们就找到了之前听到的瀑布，它的水流是棕色的，将水湾最末端都染成了棕色。我们沿瀑布向上发现了一个小湖，距离萨拉湖只有不到 100 码的距离，但却比它高 25 英尺，其出口被河狸筑坝拦住，所以湖岸都被水淹没了。有一条古老的路线通向这个湖。溪流里并没有什么鱼——我们想为施塔克找一些，让他练习使用弓箭。

这个水湾里没有找到黑鲈，因为水里满是短叶松的花粉。显然是它们阻塞了鱼鳃，造成了鳟鱼的死亡。这个水湾里还有一个较旧的河狸巢穴。

我们钓到几条黑鲈，但其他黑鲈很快就不咬钩了。我们决定去东边的山上，并在那儿吃午饭。这里的景象十分有趣——无论是植物还是冰川作用的圆顶状的花岗岩。山上到处都是粉色的凤仙花。

天气有些热，我们决定去游泳。我们游得很愉快，还看到一大片沙洲上有很多米诺鱼，我们匆忙用布绑在棍子上，网了满满一桶的鱼。这一收获暗示我们，在这里可以尽情地垂钓河鲈。我们尝试了一下却没有成功。这些湖里并没有长水草，而且我们也没有看到任何大河鲈。

目前我们用旋钩挂米诺鱼鱼饵来钓黑鲈。在去水湾的路上，弗里茨和施塔克听到一个大动物冲进灌木丛的声音——可能是一头驼鹿。卡尔和我钓到的大多是大眼狮鲈，但是弗里茨和施塔克则瞄向了黑鲈，将米诺鱼在它们面前摇晃，并成功地钓到了鱼。我们将这些都带了回来。正当我们挑逗这些黑鲈时，一头鹿从岸边的桦木丛中向我们打了个响鼻。由于大雨将至，我们疾行回到营地，烹制了美味的一餐。我们在被大雨浇到之前洗了餐具，大雨到来之后就躲在帐篷里。外面下着雨，我们吹着口琴，唱着歌，抽着烟，为这夜晚增添了许多乐趣。雨过天晴，夜幕才降就起风了，蓝色的云彩后面是美丽的灰色日落。弗里茨模仿潜鸟的叫声呼唤它们，引来了许多潜鸟用它们的乐曲回应。

6月23日

我们给施塔克的大黑鲈拍了张照片并将它放回湖里。8点钟，我们就启程上路了。风从身后拂过，吹起我们的衬衫下摆，鼓成风帆的样子，我们匆匆向萨拉湖赶去。施塔克拖钓到了一条上好的鳟鱼，我们将它收好作为晚餐。我们尝试钓黑鲈但是一无所获。我们经过一段非常陡峭的路线进入一个小湖，湖里满是新筑的河狸堤坝。我们尝试在这里钓黑鲈。我们看到了一些小黑鲈，但是都太小了还不能抓。之后我们进入另一个小湖，这里有更多新的河狸堤坝和几个巢穴，一端是一个铺满睡莲叶子的美丽小水湾，岸边是泥炭沼泽。这个湖非常深，湖底是泥，湖水是清澈的蓝色，湖里没有鱼。经过一段非常短的路程我们进入下一个湖中，旧的河狸堤坝导致湖水泛滥，以至于岸边所有的树木都被淹死了。我们实在太饿了，就在一块倾斜的石头上吃了午餐。湖里有许多旧的河狸巢穴，但并没有近期河狸活动的迹象，而且所有岸边的山杨都被砍掉了。显然这里已经被废弃了。弗里茨看到一只雪鞋兔跑到湖边喝水。这个湖里也没有鱼。

补充：关于鱼。午饭后，施塔克看到一条鳟鱼游过了我们的垂钓点，不久我就钓到一条漂亮的鱼。我用在萨拉湖捉到的那条鳟鱼的一小块鱼皮挂在小匙上钓到了它。这条鱼只有很少的斑点，是一种美丽的褐色斑点。我们将其收为晚餐。现在我们出发寻找前进的路线，但还不能确定湖的位置。我们花费整个下午四处巡游，在西边定位了两个湖，在南边定位了一个湖，并最终确定南边这个湖为我们的下一个目的地。同时，我们在这里野营，因为天太晚了，无法继续前进。一群潜鸟一直在观察着我们，并且整晚都在为我们歌唱。晚饭后我又捕到一条美丽的色彩斑驳的鳟鱼。我们不知身在何处，周围生长着无根的桤木。此情此景，使得这次野营格外美好。

6月24日

我们享用了一顿非常棒的早餐，煎鳟鱼、苹果酱和玉米面包。之后我们大约在 7 点钟启程上路。我们决定向下游去河狸堤坝碰碰运气，不久就发现下一个湖——布朗（Brown）湖，就是我们要找的湖。带有河狸堤坝和鸭塘的弗雷德里科

（Fredrico）湖从西侧汇入布朗湖。我们行走在去往蓝湖的路上，蓝湖是因其蓝色的湖水得名。在此处钓鱼，施塔克有一次中钩，但没能将它钓起来。之后我们经过了一条分叉路进入一个水湾。我们原以为是巡逻站处的水湾，但是不久后发现，去那儿还要经过一段很长的路。我们在这儿吃了午饭。因为这个湖的水也是棕色的，所以我们将其命名为小巴斯伍德湖。

分叉路很长，我们在半路上休息了一下。我们在路上发现了很大的驼鹿的踪迹。蓝湖的末端已经因为河狸坝而泛滥，有些地方的水面没过了我们的膝盖。我们发现，沼泽多的路线，不一定就很好走。

在小巴斯伍德，我们进入了一大片被火烧过的区域，大约15年前，一场大火终结掉了这条路线上的"文明"痕迹。这湖里有一个鱼鹰的巢穴，岸边有旧的河狸巢穴。

今天午饭时，卡尔一副很英明的样子，拿出了三支定制雪茄炫耀。这两周以来，他以极大的忍耐力将它们带在口袋里。

整个下午，除了在烟斗湾入口处两公里那一带以外，微风一直吹拂着我们。烟斗湾我们根本没时间进去。向烟斗湾上游进发，我看到一头豪猪在饮水。经过一段漫长吃力的行进，我们刚好在太阳落山之前赶到了低处的水湾。

在这儿我们看到了几艘小艇——这是自 10 天前的 6 月 14 日至今，我们第一次遇到人类。我们注意到瀑布附近生长着椴树，显然，在如此靠北的地方，椴树只在近水处生长，常年开放的水域可充分调节气温，使椴树得以存活。

我们在瀑布声传播距离内的一座相当小的岛上野营。非常幸运能以这么美妙的地方作为最后一站的野营地。由于已经操桨、赶路 16 个小时了，我们晚饭吃了一顿大餐，并早早地睡了。

6 月 25 日

4 点 30 起床。我们发现一只大潜鸟在观察着我们的营地，还看到一只黑色的绿头鸭和一只看上去像是蓝嘴雀的鸟。比起我们曾经去过的岩石岸，这个地区有更多的沼泽水湾，因而更适合鸭子栖息。我们以美味的培根和炒面条作为早餐，就整理了野营用具启程了。不久就抵达了最后一条路线。弗里茨观察到，这里不仅有驼鹿的踪迹，还有马鹿和哥伦布骑士团（knights of Columbus）的活动迹象。尽管这里散布着上岸码头、空罐头和旧报纸，但我们还是在这里看到了鹿。

我们在福尔湖非常强劲的风口处停留了很久。这是一次相当艰难的战斗，连施塔克都不得不加入进来，以帮助我们取得一些进展。他做得非常好。我们大约在9点半驶进温顿镇。彼得森（Peterson）开着卡车过来接我们，我们在伊利暖和过来，赶上12点45分的火车回去工作。

这是一次难忘的旅行——可能是我们一起经历过的最美妙且难以超越的旅行。这是自打1906年或1907年我们和父亲去德拉蒙德岛后，我们第一次一起旅行。父亲该有多么爱它呀！我想起了艾萨克·沃尔顿（Izaak Walton）精炼而又充满爱的颂词——"出色的垂钓者，与上帝同在"。

潜鸟岛十诫

1. 若遇钓丝缠绕，勿口出恶言，否则坏运气将伴随左右。

2. 若起床打蚊子，应心平气和，同时把衬衫置于顶棚。

3. 旅途中要爱护你的帽子，它将陪伴你直到旅途终点。

4. 储存西班牙圆饼需配面粉，免得它们粘在一起，让合作伙伴收拾出来装满七个篮子。

5. 若帐篷在暴风雨中倾倒，就让它盖在你的床上。

6. 前六天去探险，第七天就要洗漱整理。

7. 勿贪求伙伴的运气，以免想钓鳟鱼却来狗鱼。

8. 若有人饿了，就给他薄煎饼；但若他一直不肯自己烹饪，就将他的食物拿走，即使已经给了他。

9. 铝杯考验人的忍耐力。平底锅则考验人的耐心。

10. 勿计较合作伙伴的不周到，要爱护他的营地，就像爱护自己的一样。若帐篷里有岩石，就以它为床。在你确定自己没有奶酪之前，不要索取更多的奶酪。在旅途中要一直保持心态平和。

零散的见闻

小艇。晚上把小艇倒过来，防止结露水。马上清空所有的水，避免小艇增加重量。保持桨和艉鳍的清洁，无"毛刺"。摘下帽子，压实保护套和打包所有物品以应对逆风。带一个动物鼻环，用于系缆绳或者固定衬里。不要踩在船轭的垫子上，要将船轭的一条臂朝向小艇中央。携带每边长 5 英尺的三角形气球绸布料用于航行。携带缆绳。我们有两艘

16 英尺的拉辛轻量级小艇，干燥的时候每艘有 72 磅重。

包裹。不要随身携带重量超过 60 磅的包裹，也不要让任何一个包裹超过 90 磅。肯伍德包如果交叉平放会有点宽。多带一件衬衫，用于拖拽小艇时垫在肩垫下面。

床和帐篷。7 英尺 × 9 英尺的西科林帐篷对四个人来说足够了。用珠罗纱天篷覆于床头，下边缘用胶带镶边钉起来。夏日旅行不要带睡袋。两个人用一套羽毛被或羊毛被，配两条双层毯子。

穿着。前系扣的针织衫，或者厚衬衫要好于套头的外套式衬衫。带一双备用袜子、一套备用内衣和一块备用方巾，足够了。多余的衣物塞进包里当枕头。额外的帐篷和鞋子只能徒增负重。在岩石地区活动，靴子要选橡胶底的——若遇到湿原木或者需要拖捕时，则使用锥形滚刀。

杂物。在药箱内备几瓶碘喷雾，装在木管中。带好备用眼镜①。

器皿。准备带盖的厚平底煎锅是值得的，绝不能忘了带钳子，不要带铝杯。

---

① 见 6 月 21 日第四段，作者剃须时把眼镜弄碎了，但好在他带了一副备用的。
——译者注。

加拿大，1925

伊利　明尼苏达州

1925 年 8 月 8 日

下午 4 点，我们与温顿运输公司老船长的争论以失败告终。我们试图请求他将我们送到福尔湖一端的铁路上。由于他对本地运输系统的天然垄断，星期六并不是一个说服他接额外出行任务的好日子。所以我们将装备堆进小艇，靠我们自己的力量启程去福尔湖。我们的装备包括如下内容：

1 件彼得森包裹，包括 1 条毯子、1 把斧子
和标注重量为 75 磅的牛肉..........................　95 磅
1 张有固定带的简易床，包括 6 条单毯，7
英尺×9 英尺的西科林帐篷和 2 根鱼竿......　45 磅
1 个防水帆布包，装着厨具组合和一些零碎
的装备 ....　30 磅
1 艘 18 英尺长的拉辛小艇............................　90 磅
装备总计重量 ....　260 磅

我们赶了五英里路，在一小时内到达了旧林场，大部分的路程我们四个人都在划桨。我们看到了一些绿头鸭和许多露营者。

我们本来期待今晚在靠近加拿大的位置野营，但是当机动车路线的垄断者靠岸，他才发现汽油不足，轮胎漏气，也缺少其他适合在星期六晚上旅行所需的东西。所以我们将物品装载回小艇，并将其停靠在一个美丽的临时码头的一边，并在那里安营扎寨。我们称之为"泄气营地"，但又乐在其中，直到晚睡时分风吹过来，蚊子侵袭。我们将这个夜晚用在与蚊子做斗争上了。天亮时它们发起了全面攻击，将我们驱逐出来。

8月9日

夜里一直在下小雨，早上天气变得微凉。早饭时一些绿头鸭经过。8 点之前，一艘摩托艇从温顿镇抵达这里，带我们穿过了四英里的路线，并继续到达普雷里（Prairie）路线的贝利（Bailey）湾西侧。我们停在加拿大巡逻站办理许可证但没有人值班。带我们走这条路线的亨利（Henry）是个真正的人物，也是一把好手。他告诉我们，今年秋天一个明尼阿波利斯人（Minneapolis）会着手在巴斯伍德湖的小岛上修建屋舍——所以那是国境线上南部原生态区域的末端了。

从贝利湾开始的路上又下起了雨，而我们的装备在这次旅程中保存完好。我们要去的湖——梅多（Meadow）湖向北延伸约一公里，并被一段很短的道路切断而流入另一座湖，这座湖向西延伸几公里后突然止于北方。就在我们在北侧拐角处扎营时，风猛烈了起来。

先前我们在一个小岛上登陆，看这里是否有合适的野营点，发现岛上长着大蓝莓。我们都吃得很饱。

我们在这里的东侧看到两个鹿园，岸边所有的雪松都被修剪成六英尺高。

我们试着在梅多湖边的小溪处钓鱼。卡尔钓到一条小狗鱼，但又让它跑了。

我们的新营地在一片风蚀的岩石地。钉上帐篷桩后，我们都被蓝莓汁弄得脏兮兮的。

附近有一头大熊近期活动的踪迹——显然它取食过覆盆子，而且已经造访过这个蓝莓岛以寻找它的餐后甜点。

现在是下午 4 点，我们已经把营地搭建好了。火上煮着玉米粥，男孩儿们已经采了一桶蓝莓。万事俱备，只欠鱼作为晚餐——卡尔就出去捕鱼了。

我们不知道现在在哪个湖，也不在乎了……

不久卡尔带着一条上好的狗鱼回来了——我们将它煎成厚鱼片，非常美味。晚饭后，我们在深水区拖捕鳟鱼，但是没有中钩。我们考察了一个流向南部的宁静水湾。一只河狸正围着水湾游泳。我们找到一条向南延伸的平缓路线，它的另一端通向一条大河，河流的浮木中有锯断的原木——这显然是巴斯伍德湖。一头大的红色雄鹿正在岸边饮水。

8 月 10 日

在一顿伴随着潜鸟美妙音乐的蓝莓早餐之后，我们打包向北进发。我们找到了湖的出口——一条小的沼泽河流，里面有十几只大的黑色绿头鸭。顺着这条小河我们到达一座长满睡莲的小湖，我们称之为狗鱼湖，因为湖里满是小狗鱼。我们顺流而下，发现这条河被一块大石截断，但它的流向指向附近的一座大湖。我们看到那里有一个野营地和四个人——问了他们我们才知道这里是北湾。所以我们停止东进转而向一条自谢德（Shade）湖流出的溪流前进。路途中，我们在河流源头偶遇了卡尔的朋友吉姆·哈珀（Jim Harper）和他的太太，他们刚刚出来，于是我们一起吃了午饭。

我们继续穿过许多河狸围筑的湖——南部、中部、北部的湖，进入谢德湖区域，在谢德湖东端的一个小湾旁野营。此刻我们正在捕鱼做晚餐——这里有小黑鲈，但是没有鱼上钩。

这整片区域中有许多旧营地的痕迹——甚至还有一大群常见的家蝇。夕阳西下，一群美丽的黑色绿头鸭游过，这帮助我们看清了内心的渴望——想要抛弃一切隐居世外。

8月11日

经过舒适的一夜，我们向北出发。阳光刚好驱散了薄雾，此时我们已顺流而下进入特雷（Tray）湖——水质很好，有些泛白，而且未因河狸筑坝而遭破坏。我们在这里尝试钓黑鲈和鳟鱼，但是没有任何收获。之后我们经过一段很长的路线进入克雷（Cray）湖。正当卡尔和我抵达这条路线的末端时，我们听到施塔克和卢纳（Luna）从附近的地点发出呼喊——他们钓到一条很棒的黑鲈，我们都跑过去帮忙把鱼拖上岸。我们一致决定在此处野营和钓鱼，并在北岸找到一个好地方。在我和卡尔做一些零碎的工作时，施塔克和卢纳出发去钓了一会儿鱼，回来时带着四条上好的黑鲈。之后我们游泳，吃午饭，小憩了一下，还摘了许多蓝莓。在蓝莓丛中有熊的踪迹。晚上，吃完黑鲈晚餐后，我们都转而去垂钓狂欢了。我们谁也不曾经历过这样的黑鲈垂钓：有三次，我们中的两人同时经历黑鲈的跳脱和甩钩。直到胳膊酸了我们才都钓到黑鲈。在日落到傍晚之间，黑鲈咬钩最多。它们分布在河岸边因旧河狸坝而被淹没的木头中。我们把鱼都带了回去。在这湖里进行飞钓是极好的。简易秤无法为这些小鱼称重，因此，虽然我们钓了许多这样的鱼，但是没法做记录。

我们两次在岸上偶遇黑色绿头鸭，每次都是在蓝莓灌木丛附近。第二天，在尤姆–尤姆（Yum-Yum）湖，我们以实践证明它们是逐莓而居的。我们两次在陡峭的岩石面偶遇它们，那块岩石位于水上 30 英尺处，上面覆盖着蓝莓灌木丛。毕竟，它们如果不去吃这些在河岸上摇摆着的挂着露水的美味蓝莓，那该多蠢啊。

8 月 12 日

我们早早地吃了早餐，就为了最后再去钓一次黑鲈。我们重复了昨晚的精彩表现，并度过了一段快乐的时光。我们把鱼都带了回去。

打包行李后，我们沿一段人迹罕至的小路行进。路上布满驼鹿脚印，这条路通往小特雷湖。我们在这儿看到黑鲈跃出水面，但并未停下去垂钓。之后经过一小段路进入一条覆盖着睡莲的河流，它汇入了尤姆–尤姆湖的一条支流。在拖捕失败并考察了这片湖的不同支流后，我们在一处很棒的坡度较缓的花岗岩地野营，然后出发去钓鱼。我们将铜线（约 150 英尺）置于丝投线之上，再用一个普通的大坠子压住。缓慢划桨，拉起了一个相对于水平方向大约 30 度的角度，使钓线进入一个合适的深度。在我们到达支流的入口处时，我钓到了一条很棒的鱼。铜线上传来它活力十足的挣扎，令人十分惊讶。鱼一进入我们的视线，我们就发现这是一条很棒的鳟鱼。我们拖着它逗弄，而没有在竿与线之间形成锐角①。这条鱼重达 3.5 磅。

我们赶回野营地，把鱼煎了，并佐以通心粉。我们洗盘子的时候看到对岸溅起了大水花，原以为是一头驼鹿。然而，不久后我们意识到，溅出水花的是河狸。卡尔又钓了一次鱼，钓到一条狗鱼——我们从未设想它们会潜这么深。后来卡尔又钓到了另一条鱼，这是条大鳟鱼。我们把鱼挂了起来，就上床睡觉。在雨的嗒嗒声中，我们所有人都很累，我的一侧肩膀上有风湿病，前几天肋骨还被突出的物体硌到了。在我们入睡时，河狸在水中嬉戏。

8 月 13 日

我们昨晚睡得很晚，在 6 点半的凉爽微风中吃了早餐。围绕营地做了一些零碎的工作，现在我们都出发去卡沙皮（Kashahpi）湖做一天的集体短途旅行。

在湖的入口处，我们发现了一个引人入胜的岩石峡谷，谷中的一个深池覆盖着多彩的睡莲叶子。灰白色的桦树和蓝

---

① 指提竿收鱼。——译者注。

莓高悬在长满苔藓的河岸上，它们正好淹没在流经巨石的汩汩溪流中。头上悬着一大块峭壁，覆盖着彩色的地衣、多瘤的松树和雪松。这是我所见过的最可爱的景色。我试着拍了几张照片，但可能无法记录它们真实的色彩。

我们发现这条路线是非常陈旧而疏于维护的，它被三个河狸池塘阻断，侧面与悬崖下常见的泥炭沼泽相接，徒步行走要比坐独木舟困难得多。路线向西延伸，而非地图上显示的向南，距离也远大于地图上的标示。直到中午，我们还未到达那座湖。我们试图横穿这片区域继续西行，但是发现自己陷入了一片看上去无边无际的云杉湿地和覆盖着矮松树与蓝莓的花岗岩小丘中。所以，我们返回了下游的河狸池塘，先吃午饭并休息了一下。我们用蓝莓填饱了肚子，这些蓝莓格外地大而甜。

这一整片地区都覆盖着驼鹿和鹿的脚印，但我们没有见到松鸡的踪迹。这些驼鹿似乎取食桤木、柳树以及条纹槭的嫩叶。河床位于与泥炭沼泽交界的高秆草之中。河狸的踪迹遍布丛林的各个角落。水塘中的大巢穴已经非常陈旧了，上面长满了草。一大群成年但不会飞的黑色绿头鸭在一只秋沙鸭的伴随和带领下在水塘中游来游去。

卡尔用弹弓将一只松鼠从树上赶了出来，但没有真正打中它，所以让它逃走了。卡尔又在距它 20 码处第二次击中它，这说明弹弓是相当有效的射击工具。我们用黏土制作弹丸。

　　这条从尤姆-尤姆湖流出的河流流淌在一个狭窄的峡谷中，看上去很容易被截流。那么河狸为什么不像在克雷湖、谢德湖等湖里筑坝那样来抬高这个湖的水位呢？卡尔认为出口过于狭窄会导致洪水冲毁堤坝。如果是由于这个原因，河狸就应该寻找宽阔的出水口位置修建堤坝，而不是窄的那种。观察这个假说如何被验证，将是很有趣的。

　　回到小艇上，卢纳用铜线拖钓，钓到一条伏在水湾底部的上好鳟鱼。我们将它放了，因为我们已经有很多切好的鱼排，它们被悬挂在营地的树上。

　　在以燕麦饼和鳟鱼杂烩作为晚餐之后，我们听着潜鸟的歌声和河狸的嬉水声，度过了一个令人愉悦的夜晚。卢纳在营火边捉到一条狗鱼。我们撒在水里的一些米引来一群米诺鱼，而那条前来捕食米诺鱼的狗鱼就这样被捉到了。

　　昨天忘了给表上弦，所以今天不得不凭猜测确定时间，在下文中称为尤姆-尤姆子午线时间。

直到睡觉，我们都在争论是冒险去卡沙皮还是沿着德尔（Dell）湖湖群安稳地进入北湾。饱餐一顿后，我们满怀勇气，集体决定通过卡沙皮返回。从卡沙皮的西南支流进入洛克（Rock）湖的漫长路线充满变数，是一场大冒险。我们走着瞧！

8 月 14 日

我们在太阳升起之前起床。湖上薄雾环绕——许多潜鸟在唱歌——一只河狸围着营火绕了一大圈后赶回巢穴开始一天的休息。我和卡尔烤了一些烙饼，然后试着叫醒男孩儿们。他们不为所动，直到我们告诉卢纳，河流中的阻塞打开了，又告诉施塔克，浅滩上聚集了一大群米诺鱼，并且毫无疑问它们后面还跟随着狗鱼。他们听到立即起床了。

下午 1 点（尤姆–尤姆子午线时间）。我们回到尤姆–尤姆湖的睡莲池。早上大约 7 点，我们向下游出口驶去，我们的行船路线被最前面的两个河狸池塘切断了，只得拖着小艇滑过其他六道堤坝。在昨天探险的基础上，我们行进得很顺利，但仍未到达卡沙皮。卡尔向下游走了一公里，爬上一座高高的峭壁，从那里他看到了几公里之外的河流，但没有看到湖。这条河流向南方，但地图却显示它的走向接近正北方。

河流下游的这片地区满是驼鹿的脚印，但是河狸的堤坝比上游那些陈旧得多——事实上我们发现了一些已完全腐烂脱落的木头堤坝。坝上长满青草，水流冲破了堤坝，穿流而过。

小艇抵达了河流的最下游，我们遇到了一对绿眉鸭，又看到了黑色的鸭子。我用橡皮枪打到了一只松鼠，在距其25英尺处，第二枪击中了它的头部。

在向上游行驶返回现在已熟悉的尤姆-尤姆湖的路上，我们第二次查看了西北部的水湾，只为了满足我们对于难找的卡沙皮路线的所在地的好奇心。我们认为尤姆-尤姆湖不太可能有两个出口，然而水凫河的方向与地图上如此不同，似乎有什么地方有误。果然，西北部水湾的下方有亮白的松树，一条平坦的小路指向北方。我们在第一次探险时完全错过了它，因为我们一直在寻找"溪流的下游出口"的路线，而这条小路"向上延伸到小丘之上"。这个错误实在是再自然不过了。这正是新手的表现——踏上水凫河的错误方向，却没能及时意识到情况不妙。

我们走上新修正的路线，加以确认。这条路穿过了几片高地上的泥炭沼泽和桤木沼泽，雨季时这里一定相当软，此外，它还是穿过美丽的阴凉树林的捷径。它起始于卡沙皮的一条小支流，适于登陆。视野范围内河岸的其他部分都是陡峭的悬崖。

路上有许多驼鹿和鹿的脚印。返回时，一只雪鞋兔跃过小路，停在 25 英尺远处的桤木中。我们都用弹弓向它射击。第二次射击时，我击中了它的耳后，打昏了它。能用弹弓捕到一只兔子实在太好笑了，我们都放声大笑。

不久之后，一只雄性山鹑跃出小路——这是我们在这条漫长的路上看到的唯一一只。我们用弹弓向它射击了几次，但没能击中。今年松鸡似乎没有养育后代。

在我们返回的途中，施塔克在尤姆-尤姆湖中钓起一条大狗鱼。我们沿原定路线进入莱格（Leg）湖与克雷湖地区，并在钓黑鲈的地方野营。我们像在老营地，十分有家的感觉。当我们烹制晚餐时，一只山鹑飞越湖面向我们对面的高山上飞去。晚饭吃了一加仑①豆子火腿汤，很美味。我们试图在卡沙皮野营，但太难找了，我们没有找到它。虽然计划

----

① 1 加仑≈4.55 升。

没有达成，但我们依然十分满足，在这之后我们睡了一觉。教训：要勤看指南针，如果地形与地图不一致，应找出哪一个有错，以及为什么错。

8月15日

当我倚坐在一块长着苔藓的岩石旁，记录昨日冒险活动的后续时，一阵清凉的风拂过蓝莓丛，带着露水的大蓝莓果实在这页日记的上方摇荡。

施塔克和卢纳被催促着做完洗碗与铺床工作之后，认真又热情十足地整理白天的钓鱼装备。卡尔用一种新的方法将扎带装在男孩儿们的包裹上。柔和的波浪包围着小艇，发出今天旅行的邀请。湖下游一只潜鸟在呼唤，山杨背后一只松鼠"催促"我们，赶快离开这里。我们会的！

当我们在出去的途中试着钓河鲈时，鱼钩只是动了几次。之后我们停在德尔湖，用小铁钩、鱼腹、红色碎布和钉子做成简易鱼饵，钓到几条黑鲈和十几条河鲈。我们把鱼清理出来，为午餐做准备，却发现鱼肉中满是被包裹着的寄生虫，不得已只能把鱼扔掉。

　　　　　　　　　　　　　　环河

我们通过狼湖进入睡莲湖，在一块微微倾斜的岩石上野营。岩石上长有白珠树和苔藓，我们畅快地游泳，享用极佳的午餐，并在大量苍蝇的陪伴下小憩。

　　去下游的北湾会途经一条美丽的铺满睡莲的河流，两岸密布着鹿和驼鹿的脚印。巴斯伍德湖上吹起了强劲的逆风，于是我们决定取道水湾西侧的内侧航道。这个地区非常有趣，可以将野营地安置在光滑的岩石上，并且这里还有布满青草和睡莲浮叶的深水湾。沿内侧航道的路线上，一头雌鹿和它的幼鹿正在取食睡莲叶子。我们处于下风口，所以能够趁它抬头时悄悄划到离它 25 英尺内的地方。它发现我们后，打了一个响鼻就逃走了。在它消失在灌木丛中之前，卡尔快速拍下了它的侧面。我们埋伏在雌鹿和它的幼鹿之间，它们发出了很多啸声并在丛林中犹豫往返，最终还是会合到了一起。

　　在航道末尾，我们跨越开放水湾时，有一公里的路程一直被逆风阻碍，最后，我们选择在东岸上一棵美丽的松树旁野营。我们登陆时，一大群黑色的鸭子从这里的背风处掠过，不久后我们发现岸边开阔地上所有的蓝莓都已经被吃光了。

　　这实在是我们住过的最好的野营地。岩石形成了很好的壁炉、桌子、简易椅子和登陆点。而在开阔处一块平坦的岩石上，覆盖着厚厚的干燥的苔藓和碎屑，形成了一张现成的床，这里四处都长满了蓝莓。岩石中设有一块国际界碑，非常靠近营地右侧，正好作为帐篷的固定桩。我们兴高采烈地吃了煎狗鱼鱼排和加奶酪的奶油通心粉，并于 10 点钟（尤姆-尤姆子午线时间）上床睡觉，结束了这愉快的一天。唯一的一点小沮丧是明天就要离开这里，回到领结和礼服衬衫的世界了。

8 月 16 日

我们 3 点半起床（尤姆-尤姆子午线时间；我们后来发现中部标准时间比这快一小时），5 点半上路——一个还说得过去的好开始。吃早饭时，我们之前看到的几只黑鸭子回到了它们的小水湾。天气多云且下着大雨，所以我们错过了给这格外美好的营地拍照的机会。我们在尤姆-尤姆时间 7 点（中部标准时间 8 点）抵达巡逻站，并为我们的狩猎许可证付了钱。我们朝着水湾上游向"四公里航线"进发，看到一艘船，我们拦住了它，发现它是到温顿镇的，于是我们跳上了船。

环河

重聚，1925

1925 年 11 月 15 日

寒冷，多云，西北风

新下的潮湿的雪

斯特劳赫斯特（Stroughurst）附近，伊利诺伊州（Ill.）

今天这样的天气里，松鸡比鹌鹑多一点。但是在山齿鹑消失了 16 年之后，即使一个不景气的日子也是受欢迎的。顺便说一句，这是我们三个[1]有史以来第一次一起猎鹌鹑。

显然因为天气条件，所有的鸟儿都躲在了树篱下、葡萄藤下，以及裸露地面上的其他可隐蔽的相似地点。我们并未在谷地里发现鹌鹑群，只在雪中发现了一只脚印，这只脚印是一群鹌鹑在被我们发现后沿着篱笆逃跑时留下的。在这些鹌鹑完全分散开之前，就已经有几只因受惊而

---

[1] 奥尔多·利奥波德、卡尔·利奥波德和弗雷德里克·利奥波德三兄弟。

起飞了。被冻僵的脚导致我们难以准确地射击。

虽然弗利克在猎捕西部飞禽方面从未受过正统的训练，它干得还是相当漂亮的。它只锁定一群鹌鹑作为目标，而不是盯上落单的鹌鹑，对于那些正在奔逃的鸟群，它也没有仓促追赶。值得注意的是，弗利克也没有发现任何受了伤垂着腿飞的落单鹌鹑，即便我们那么努力地寻找它们。这些鹌鹑们靠得非常近，在我们之间有三到四只，我们却错失了好几只迎面而来的鸟儿，显然它们都拍打着翅膀奋力逃命。

我们在一个树篱下打散了第一群鹌鹑，并进行了几次射击。我们在几个漂亮的树丛中一无所获，但是在一个沙果树灌木丛中找到了第二个鸟群，灌木丛上部覆盖着纠缠的葡萄藤。它们在谷地中分散得很好，但是不知怎么我们并没有打到太多。我射中了一只飞得极高的落单的鸟儿，但是却没能找到它。

在同一片洋槐地中，我们找到了一群鹌鹑，其中三分之二是成年鸟，因为它们很小，所以我们跟得并不艰难。当然，这不太符合逻辑。更合理的做法本应是放走强壮的大鸟去捕猎小鸟，因为小鸟度过寒冬的概率更小。

环河

到了中午，我们的脚就像是在冷库里，所以我们在一棵白蜡槭树下找了一个干燥的地方，脱下靴子，吃了一些烤猪排和烤面包。这是一次非常舒适的野营。以火堆为中心，一圈圈围着以下这些：

第一圈，穿在棍子上烤得咝咝作响的猪排

第二圈，烤面包，布朗宁

第三圈，袜子，烘干

第四圈，靴子，类似方法烘干

第五圈，脚，不仅烘着，而且还像刚拔完牙那样疼

第六圈，猎手和猎犬们

在我们吃了猪排并穿上了半干的鞋袜之后，我们又开始继续之前的工作——小心地弹下灌木丛和杂草上的雪，这非常有趣。我们进入刚弹好雪的地方后，两群鹌鹑迅速冲了出来，并分散进入一片林地中。我们在这里消耗了大量子弹，却没怎么猎到鸟儿，部分原因是大多数鸟儿没有落下来，而分散后落单的鸟儿都在拼命逃跑。我们打进树干中的子弹比击中鹌鹑的要多。

驱车前进时，弗利克发现了一大群鹌鹑。我们看到它们在一片很茂密的葡萄藤下的空地上，但是没能在它们起飞前

全部打到。最终我们在这一整片区域中只打到了一只鸟儿。

几乎同时，又出现了一群非常好的鹌鹑。它们飞进了有标示的私人土地，但我们还是打到了两只。当时这两只鹌鹑正位于我们返回公有土地的路上。现在，天已经完全黑了。我们返回车上，与土地的主人争论起了那块有标示的土地，他以为我们沿着他的篱笆行进是要图谋偷他的鸟儿。

黄昏时分，在出去的路上，我们看到一群美丽的鸟儿弓着翅膀滑翔进了橡树林中，显然是从山上飞下来去广阔的橡树林中栖息。

这一天我们多次看到过猫的脚印，我认为其中一个是狐狸的脚印。我们看到一只很大的角鸮，还有许多北美红雀。

我认为，除非立下私人租约，否则对于这种有标示的土地的问题是没有解决办法的。我对每个农场拥有的鹌鹑数量感到惊讶。目前，两个农场能供养六到八群鹌鹑——对两个猎人来说足够了——保育合理的话，这个数目还会增长。

附注：我问小伙子们，野生动物是否会吃朱红色的浆果。他们说，曾看到雪松太平鸟在院子里的一棵葡萄藤上觅食。

红狐日，1925

1925 年 11 月 16 日
多云，凉爽，西风
下午 2:00~4:30
霍珀（Hopper）悬崖北部，伊利诺伊州

　　我们艰难地离开了停在悬崖下的轿车，当时弗利克惊起了在阿利森（Allison）小溪岸边幼苗丛中的鹌鹑。我们听到了叫声，可能它们已经飞快地逃走了。卡尔猜想它们已经爬上了悬崖，所以我们启程追赶，一会儿就看到了两只鹌鹑。我单腿站立，错过了右边那只，可能也错过了左边那只，但是卡尔在任何时候都能捉到其中一只。

　　我们沿着悬崖的边缘进入阿利森峡谷，我还注意到山坡上有一个新挖的兽穴。再深入几码，当我在陡峭的山脊上的狩猎点附近徘徊时，一只火红色的大狐狸从倒落在平地上的一棵树枝下冲了出来，奔向对面的斜坡。我在距它起跑处 15 码的位置向它射击。它滑了一下，然后沿着斜

坡，转了一个直角弯，等我准备好再开火，它已经躲到了一棵树后面。

与此同时卡尔爬上了山顶，在那里能够看到全境，但是比我与狐狸的距离远了大约 10 码，并且有灌木丛阻挡，他也无法射击。

当狐狸跃起时，弗利克在我身后下方，但是它看到狐狸后立刻追了上去，很长时间没有返回。我们一度以为听到了它在叫，并追了过去。但事实证明叫声来自下方一个农院中的狗。狐狸跑了 150 码，所以我认为它受的伤并不严重。

猎狐感想（回顾而非检讨）

我用霰弹枪射击，子弹长 2.75 英寸，装药量 1 盎司[①]，装填 7.5 号铅丸。如此小的铅丸实际上射入了它背部的肌肉，因为它的肋骨有厚实的皮毛保护，铅丸无法穿透。我应当意识到，我所拥有的唯一机会就是一击将它打倒，从

----

① 1 盎司 ≈ 28.35 克。

而争取足够的时间装上 4 号或者 6 号弹。这两种子弹在我的猎装马夹中都有。意识到这一点后，我应当立即在尽可能早的一瞬间打出两枪。这或许会给弗利克留下奔过去抓住它的时间。事实上，我由于看到了狐狸过于激动而昏了头，射击的速度慢于我之前射击鹌鹑的速度。

显然，事情的经过是这样的，当我们到达山脊的狩猎点时，狐狸正在挖掘洞穴。它试图偷溜到山脊的另一边，爬上河谷躲开我的观察范围。但是它看到卡尔在山顶，于是就蹲在倒下的树枝下方，却发现我徘徊在山脊上，它不得不逃出来。

无论如何，我从这段经历中了解到，仅仅射出几个小号铅弹就能够刺激狐狸给我们带来多大的兴奋。如果我们想逼它现身，就应该利用下午的剩余时间上演一场狩猎之战。它的皮毛鲜亮，看上去体长超过四英尺。

每一片灌木丛中都有狐狸。我们继续猎鹌鹑的行动。我们在山顶的谷地中发现了一大群鹌鹑，山上有一个废弃的农舍和一个果园。我们无法清楚地看到鹌鹑，因为它们向南飞越了山的顶峰。我们花了很长时间才找到它们。最终我们发现它们分散在一个小壶穴附近的玉米地中，但是排布过于紧密，以至于它们要排队飞出来。玉米长得又高又杂乱，很难射到里面的猎物，但是我们仍设法猎到了三只鸟儿。

晚上回家时，弗利克又从灌木丛中赶出了四只鸟儿。它们高高地飞上了卡尔头顶的悬崖，但是我们没有及时看到它们并射击。

在经历了勇敢冒险的一天之后，我们坐着狗拉的橇穿过深泥淖回家，路上仍在一边寻找一边讨论那只红色的狐狸。当我们年老的时候，会抽着烟斗回想起这些日子。

柯伦特河，1926

范布伦　密苏里州（P.O. Van Buren, Mo.）

11 月 26 日

上午 11 点，在圣路易斯与卡尔和弗里茨汇合。天气寒冷有风，逐渐晴朗。晚上 9 点抵达利珀（Leeper），入住欧扎克（Ozark）旅馆。

11 月 27 日

上午 9 点到达范布伦，10 点 30 抵达河流处。这是一个阳光明媚的早晨。这条河在离镇子约一公里的距离内，水流湍急，之后就会平缓下来。中午，30 只绿头鸭向河流飞来，开始围绕着我们左侧 100 码处的林场盘旋，并落在一个回水小河汊处。我们此行第一次兴奋起来。我们悄悄地靠近它们，只有我一路跟着。我距离它们不到 30 码，但是只打中一只正在起飞的。失败原因：暗背景和灌木丛。它们盘旋着飞过我们。大家都没射中。失败原因：距离太远。就在我们要离开时，有五只飞了回来，但是看到我们的船，又飞走了。当有八只绿头鸭出乎意料地飞出来冲向下游时，我们又一次停船等待，一只大公鸭在卡尔和我的射程内飞过。失败原因：无。我们将这个湖命名为失败湾。

之后弗里茨猎到了一只从河岸掠过的绿翅鸭。

野营及时，赶上了一次小规模的鹌鹑捕猎行动。我们在玉米田里发现了一小群鹌鹑，并打到了四只。我还捕到了一只回巢的大兔子。我们享用了鹌鹑和甘薯——不错的第一顿晚餐，并度过了一个舒适的夜晚。这个营地到处都是干燥的杂草，当有人走过时，草籽啪啪作响。

11 月 28 日

天亮之前我们起了床。除了啪啪响的杂草种子掉进了咖啡里，倒是没有其他的意外发生。大约 8 点，我们抵达那条河，在各处停留捕猎鹌鹑。我们发现了两群鹌鹑，收获颇丰，总共打到九只。两群鹌鹑都是在谷地里发现的。我们在河里打到两只蓝嘴雀（分两次打到的）。我们在一个隐蔽的山谷中短暂野营，把营地布置得很完备。在我烹制晚餐时，卡尔和弗里茨憧憬着火鸡。男孩儿们报告说，山丘被火烧过且极其坚硬。我们吃着火烧胡桃，伴随着音乐[1]度过了一个舒适的晚上。夜里我们经历了一场猛烈的阵雨，大雨浇透了披棚，把弗里茨的床弄湿了。我们不得不支起帐篷，来为装备挡雨。

11 月 29 日

黎明前我们烹制了一些早餐点心，早早地出发奔赴跨越小河的火鸡之旅。我们向西约 3 公里捕猎，进入底部长有红山楂的地区，这里更丰饶且被烧毁的地方较少。没有火鸡的踪迹。当弗利克密切地注视着一头雌性野猪的幼崽时，那头雌性野猪向弗利克发起了挑衅。我们在一个高高的山丘上吃了午饭，在一个有阳光的地方小憩。然后向北

---

① 指虫鸣、鸟鸣等。——译者注。

走了一公里，从那里下行进入一个美丽的山谷，谷里有山楂和令人难以置信的农作物厚壳山核桃以及肥硕的松鼠，卡尔打中了一只下巴卡在树权间的松鼠。它的身体微微倾斜，我们在它掉下来时快步赶了过去。正要进入理想的火鸡世界时，我们再次陷入了农场中。弗利克追着一群鹌鹑，弗里茨打中两只，总共打了四只。

背靠霍尔内特泉（Hornet Nest Spring），我们看到了另一群鹌鹑，还有两只鹰——一只条纹鹰和一只库氏鹰。我们没在这里射击，因为我们想打的是火鸡。

我们要走很长的路返回河流，在那里我们遇到了私人庄园，不得不绕开悬崖下行到达小船处。浣熊在河口留下了踪迹（既有美洲商陆果也有黑橡胶果）。玉米田里的土壤在雨后变得非常湿润。

我们几个筋疲力尽地进入了营地，但是不久就在一顿大餐之后恢复。我们以一只绿头鸭、一只水鸭和一大罐土豆泥作为前菜，留出肚子吃了三只烤鹌鹑，然后吃了一个小时的胡桃，才最终吃饱。

我们今晚清理鹌鹑的嗉囊时发现里面有整粒玉米、小萝卜大小的种子和绿叶（可能是酢浆草的叶子，玉米田里有很多酢浆草）。

　　尽管处于刺骨的严寒中，我们仍旧度过了一个舒适的夜晚。

11 月 30 日

　　黎明前，我们吃了一顿玉米粥和煎蛋卷的早餐，这是美好一天的开始。早餐后，我们洗了脸，洗了手帕，从容不迫地开始新的一天。这是阳光明媚的一天，我们顺水漂流而下。我们在一个令人惊叹的美丽河道上吃了午餐，河道里深蓝绿色的水流流淌在雄伟的美国梧桐构成的林荫大道之下。阳光下，我们坐在小条凳上小憩了一会儿，然后继续赶路，忍住了想要停下来野营的欲望。我们在东侧的一大片低地上打了一小会儿鹌鹑。弗里茨发现了一棵柿树，我们花了半个小时一起吃柿子、吐籽。傍晚我们在寻找野营地时遇到了困难，营地需要很多条件，包括木材、干燥、遮蔽、隐私、钓鱼点、泊船、鹌鹑和火鸡的栖息地等。天黑前，我们终于在一棵倾斜的高大的美国梧桐树下找到了合适的营地，我们靠着那棵树搭了一座小披屋。幸运的是，豆子汤已经煮好了。我们喝了满满一加仑豆子汤后就去睡觉了。

12月1日

早餐后，我们荒废了大约一小时设置渔线和托举橡木。又是一个艳阳天，倾盆大雨已经过去了。几乎是在我们刚一设好渔线时，一根渔线上就钓到了一只极其丑陋的蝾螈，晚上又钓到一只。

我们继续在树林周围的玉米地里捕猎鹌鹑，只找到一小群。尽管它们分散在一片珊瑚莓果的下方，我们还是射击得很糟糕。我们穿过一片田野，沿路是胡桃树，有多得令人难以置信的大坚果落在玉米地的垄沟中。我们也发现了一些灰胡桃。

享用了卡尔做的肉汤（非常美味，顺便说一下，有肉汁菜丝汤和面条）。之后，我们越过河流，设置了陷阱后，继续捕鹌鹑。我们发现了 15 只鹌鹑。它们分散在一片橡木丛中。我们想把它们赶出来，但是徒劳无功，弗利克遇到几乎与它体型一样大的兔子时兴奋起来，惊起了几只鸟儿。

我们继续向山谷前进，希望遇到火鸡，但是没有见到它们的踪迹。回去时，我们从玉米地里一小片种植区中采了十几个甜芜菁。

我们中午用酵母发了一块面，到了晚上就有了一块能想象到的最好的热面包，配上烤蓝嘴雀和煎甘薯。橡木炭能用来烤东西，这几乎令人难以置信。这是一个寒冷的夜晚，但是弗里茨搭设的植物茎床帮助我们很好地调节了温度。

12月2日

又是一个悠闲的早上，天气寒冷，我们忙着洗袜子、给鞋涂油等工作，因此不想离开营地。

我们停在东岸一处荒凉的玉米田，不久飞出一大群鹌鹑，有15只（这里的多数鹌鹑都很小，甚至都射击不到）。它们几乎直冲我正面飞来。我非常慌乱，所以只打中了一只，而不是轻而易举地连中两只。其他的鹌鹑一下就消失在了玉米田中。尽管用了一个小时来捕猎，我们却只发现了一只落单的鸟儿，这是卡尔在攀爬悬崖上的树木时击中的，鸟儿掉落到一个石灰岩峭壁上。弗利克和卡尔借助一些高山植物的枝干来取回猎物。

继续沿河顺流而下，不久就来到布法罗（Buffalo）河汊的出口。步行寻找野营地。弗利克在玉米地边缘的植物茎中驱赶出一小群鹌鹑，卡尔和我每人猎到一只跑散的鹌鹑。

我们决定沿布法罗河前行，行进约半公里找一处好营地。当我们将小船放下时，不得不爬过美国梧桐的障碍，就像我们在科罗拉多海湾的黎里多河所做的那样[1]。航行开始时，我们搭建了一个华丽的营地，包括一张用两英尺宽五英尺长的光滑白橡木板做成的桌子。从小艇上拆下两根杆子组装成床。晚餐吃了烤鹌鹑和面条，后者还配着由瑞典面包做成的"油炸吐司丁"。它们比普通的油炸吐司丁好太多了。晚饭前，设好了陷阱。

12月3日

早餐是玉米面包和糖浆。修整寝具并挂起，大体上布置了一番。一些捕浣熊的人在黎明时经过，他们说营地后

---

① 见《科罗拉多河三角洲》，11月4日第一段。——译者注。

面的山脊上有火鸡，所以我们重拾捕猎火鸡的热情，并给枪装上火石。

我们沿着东南流向的布法罗溪向上捕猎。它的下游部分到处都是灰色的松鼠。这里的松鼠比我以前见过的小，而黑松鼠和兔子则比我见过的大。这条河谷看上去很美，天气很好，阳光明媚，尽管没有火鸡，但是在树林中狩猎仍旧是我们渴望的娱乐。有一次，一只乌鸦发出了像雄性火鸡一样的叫声，让我内心一阵悸动。

我们在河谷起始处的主山脉会合，午餐是在一棵山核桃树下吃的烤鹌鹑。山上满是美味的坚果，我们吃了个饱。我们向西，沿着山脊往下走，又发现了一条路，它通向一片古老的田野。田野中布满小溪，而田野四周则环绕着满载果实的山楂树。这片土地足够丰饶，可以为火鸡提供食物和饮水，但这里仍然没有火鸡的踪迹。

然后我们沿溪流的干流向下游捕猎鹌鹑。我和卡尔停下来野营后，弗里茨找到了一大群鹌鹑，包括鹌鹑起飞时他猎到的那两只，总共猎到过三只，但是弄丢了其中的两只。那个地方满是苍耳属植物，使得弗利克没能找到丢失的猎物。

我们享用了美妙的晚餐，有肉汁菜丝汤，搭配一大块热的酸面包。这块面包在白天发酵时顶开了荷兰烤箱的盖子，生面团溢了出来（我们煎给弗利克吃了）。

晚上很暖和，我们床上的大部分东西都已沐浴过温暖的阳光。捕浣熊的人和他们的猎犬，一晚上都在唱小夜曲。

12月4日

这是一个温暖的黎明。正当我写下昨天的经历，并预计今天会发生的事情时，卡罗莱纳鹪鹩正在唱着歌。我想，暴风雨就要来了。弗里茨也这么认为，因为他正在费力搞到额外的木材加固帐篷，并把晾衣绳上的衣服收回来。

今天早晨，当我在小溪洗漱时，不小心滑下了"码头"。现在正极其舒服地赤着脚写东西。天气多么暖和啊！

今天要发起一次大规模的鹌鹑捕猎。我们发现了四群鹌鹑，其中两群要么鹌鹑很小，要么成年的鹌鹑只有几只。我们激烈地射击，丢了好几只打下来的鸟儿，因为弗利克在苍耳丛间忙得不可开交。这些苍耳迫使它放弃了追捕，它的嗅觉暂时失灵了。

我们发现鸟儿们大都在玉米田里，植物的芒刺越多鸟儿越多。今天晚些时候，它们躲在植物茎的穗间，或者浓密的杂草丛中。它们不太光顾稀疏的杂草丛或者草地，在更北部的荒原也是这样。

今天，弗利克自己捉到一只兔子。当我们正在植物茎丛中寻找受伤的猎物时，弗利克猛地一跳，我们原以为它找到了被击中的鸟儿，但是它骄傲地跳了出来，高高地擎着一只活蹦乱跳的小兔子。

我们吃晚餐时，两只角鸮出现在营地的射程之内。一只角鸮的声音比另一只深沉得多。它们不停地从一棵树飞到另一棵树，移动了很长一段距离。看到一只角鸮迎着灰色的晚霞从山上俯冲而下，这景象令人激动。

夜里很暖和，有大雨。

12月5日

5点半起床，在灰色的黎明中吃完早餐。我将陷阱移除，而孩子们打包整理营地上的东西。我们在短腿桌上大摆了三天的筵席后，行李看上去都缩水了。

顺着北风沿河下行约八公里，到达一片宽阔的静水，我们得划桨前进。我们在河东岸的一片玉米田里尝试捕猎，只发现了一只落单的鸟儿。这一地区开始有人活动，包括一艘行驶在柯伦特（Current）河上带有船尾明轮的"汽船"。

我们在高橡树和美国梧桐下的厚沙上野营，半小时内就搭建了一个设施完善的营地，包括一张用植物茎做的床。如果把植物茎垫在身下，与床的长边平行，则可以做成极好的寝具。它散发着宜人的淡淡芬芳。

享用完餐后小食，我们在距离营地不足 150 码的豚草丛中发现了一群鹌鹑，并在它们起飞时打中五只。第五只掉进负鼠洞穴里找不到了。在距我们拣起打下的两只鹌鹑两英尺的地方，弗利克又出色地找到了一只在浮木下爬动的跛足鹌鹑。弗利克的身体被杂草和带刺的种子擦伤多处，昨晚给它的下半身抹了药膏，今天它捕猎的表现好多了。我又打到这一群鹌鹑中落单的一只。

随后我们在生长着植物茎的高灌木丛中遇到了一群鹌鹑。这些四散而去的鸟儿是我见过的最努力的鸟。它们像火箭一样冲向树梢，又突然俯冲再次落回植物茎中。我们对着这群鹌鹑消耗了大概半匣子弹，却只有卡尔打到了一只。

环河

我们晚餐吃了烤兔子（弗利克捉到的）和意大利通心粉，回忆起过去在科罗拉多三角洲的探险，度过了一个愉快的夜晚。夜里一直有小雨，早晨又冷了起来。

12 月 6 日

今天是狩猎的最后一天。所有人都刮了胡子整装待发，希望能稍稍改善一下我们的射击成绩。天气凉爽而多云。

我们在营地上游西岸尝试捕猎鹌鹑。在甘蔗丛中发现了一群鹌鹑，这次捕猎成果较好，打到三只。我们在许多看上去很理想的新区域捕猎，但是没有找到鸟儿。我们还看到一大群鸽子，但是无法接近它们。返回时，我出乎意料地碰到一只大的雄性绿头鸭从巴克布拉什（buckbrush）湖上游游来。我透过一些树苗向它射击，但是没打到。这是我们离开洞穴营地之后第一次见到绿头鸭。

下午我们跨越了这条河流，当我们给女孩子们割取槲寄生时，弗利克从草丛中赶起一群美丽的鹌鹑，但我们的子弹都没有上膛。我们打到两只起飞晚的，随后又打到一对落单的鸟儿。

接下来，我们在南边可爱的豚草丛中捕猎，发现一群很好的鹌鹑。寻找它们又费了一番劲，因为我们高估了它们飞翔的距离。最终我们还是把它们找了出来。卡尔在弗里茨和我的右侧打到五只，它们俯冲进入甘蔗丛时，我们共向空中射击了四次，均落空了。还好之后我们打中几只落单的鸟儿，挽回了一点荣誉。天开始下雨，因为要回野营地，我们只得带着遗憾离开了婉转啼鸣的鸟儿。

12月7日

这是一个令人沮丧的早晨。我们一边打包，一边与再打一天猎的诱惑做斗争。卡尔抽着他最后一根"费城贝尤克"雪茄，我把一条穿坏了的短裤钉在一棵橡树上，弗里茨打包了他最喜欢的餐具拭布，作为庆祝这次精彩旅行的纪念。我坐在植物茎做成的床上，拆掉的营地环绕在我四周。男孩儿等着离开，而带有羽冠的鸟拍打着橡树枝条，我们最后一次野营的最后一堆橡木炭冒着轻烟，渐渐熄灭。

凑巧的是，顺流而下去多尼芬的路上一直在下雨，打消了我们留下来继续打猎的念头。

杂七杂八的见闻

驯化的松鼠。大黑松鼠们对人们穿过干燥树叶来接近它们时发出的声响表现得十分漠然。卡尔认为这是由于松鼠和猪都居住在相同的地区——山核桃树丛,它们习惯了听见猪整天在四周发出沙沙的声音。在同一地区,我们几乎看不到狐狸和灰松鼠。

鹌鹑的性别比例。12月4日在营地猎到的18只鸟儿中,只有7只是雄性的。显然猎捕到的雌鸟比雄鸟多。12月4日又捕到的7只鸟儿中,5只是雌鸟。其中4只来自同一群。

甘蔗丛。范布伦地区并不生长甘蔗。但是沿着河顺流而下,这种植物逐渐大量增加。这种情况只发生在用篱笆围住的田地里,在生长季节防止猪偷食。通常这意味着那些甘蔗只能生长在树木繁茂的田地边缘和河岸处。被保护的和未被保护的土地之间的界线非常明显。

坚果。即使是果壳最厚的山核桃似乎也能被猪取食，但是胡桃就没被动过，显然是由于它味道难闻的果皮。松鼠咬穿果实的末端再将其掏空，即可取出灰胡桃的内核。在这个季节里，地面上剩下来的山核桃坚果都被虫蛀了或者是空的。猪和松鼠如何挑出不好的坚果仍旧是个谜。

　　槲寄生。几乎都生长在河岸边，流动的水显然缓解了冬天的寒冷。弗里茨在多尼芬附近的山里看到了一群槲寄生。

　　鹌鹑的栖息地。鹌鹑似乎并不利用矮草地或者野草丛，即使有条件也是这样。早上发现的鹌鹑通常是在玉米田里；下午发现的通常是在甘蔗或者豚草丛中。起飞时，大部分鹌鹑既有进入甘蔗丛的，也有去多树木的悬崖的。当那些分散在林间的鹌鹑想要飞跃树林时，通常会先冲向树梢，之后再俯冲下来。

希拉，1927

格伦伍德 新墨西哥州（P.O. Glenwood, N.M.）

11月9日

我们带着两件行李于上午9点离开恩巴尔（N-Bar）牧场。埃米尔·蒂普顿（Emil Tipton）和我们一起出发，赶回牲畜。赶到斯诺（Snow）溪入口，我们搭上了最后一班机动车。在斯诺溪下游的中部河汊处，一个男孩儿钓到许多鳟鱼，最大的长达九英寸。我们在特罗特（Trotter）附近看到了火鸡的抓痕。大约下午2点半，我们抵达老弗莱威（Flying V）农场，蒂普顿说这里是斯诺溪的入口。在老农场北侧小峡谷中有两棵大松树，树下的溪流中生长着水田芥，我们决定在松树下野营。午饭后，除了一匹马，蒂普顿带着其他的牲畜返回了牧场，而我和霍华德（Howard）则开始搭设营地。木材的缺乏，绝对是这个老农场造成的。

11月10日

天亮前起床，正是月落时分。太阳升起之前，我们启程了。我们沿着营地后方的一条小路爬上高地，然后沿着风景优美的悬崖前进。我们没有发现鹿，只发现了少量的脚印。总而言之，矮松的消失导致鹿都离开了。我们向东面的高山进发，通过望远镜可以看到那里有矮松。在山的西侧600英尺的峡谷中，我们找到了真正的峡谷溪流。我们在峡谷的底部煮茶。爬上山谷的另一侧，很快就开始见到大量鹿的踪迹。在一个延伸到山上的高高的刺柏平顶山，我们看到鹿几乎已经吃光了矮松，正大量地取食刺柏果。我们在这座刺柏山西侧的河流转弯处行进，强劲的西南风对我们很有帮助。我遇到了一头幼鹿，这头幼鹿差点将霍华德撞翻下来。在一片矮松灌木丛中，我见到了三头非常肥壮的雌鹿，之后通过脚印发现其中一头还带着幼鹿。所有这些鹿都有机会顶风逃走，而不是上山。

下午4点，我们下山去峡谷溪流野营。在溪流底部偶遇10头正在喝水并取食鼠尾草的鹿。这些鹿没有角，但是很漂亮。

当我们观察这些鹿时，偶遇附近一只缨耳松鼠。它是黑色的。

直到天黑我们才到达峡谷溪流的入口处。我们原以为野营处就在中部河汊上游一两公里处，却遭遇了看起来无边无际的箱形峡谷迷宫和河道的 S 型转角。到 7 点半时，我们两人几乎都筋疲力尽了，并因多次涉水而全身湿透。所以我们停下来，用午饭剩下的糖煮了些热水。在沿着希拉河（Gila）向上游跋涉了三个半小时后，我们最终在晚上 9 点抵达营地。在路上，几头鹿向我们打了响鼻。在 8 点半月亮出来前，天空一片漆黑。我们都太累了，吃不下东西，就睡了。

11 月 11 日

我们花了一个上午的时间弄到木材，加固营地，剃须，洗烫衣物，并从昨晚的意外遭遇中缓了过来。中午，我们沏了些茶，做了一次徒步——霍华德下到山谷中，而我去了河南边的山上。我发现三只松鼠在一棵树上取食道格拉斯黄杉的球果。我用钝头箭直射过去，试图猎到其中一只松鼠。这一箭射得很猛，嵌进了树干里。这只松鼠尽其所能地"咒骂"

我，并一直持续到我离开它的视线。

我发现了一处美丽的刺柏平顶山，山下的斜坡上有橡树，但是这里没有浆果，除了白尾鹿之外，只有少量鹿的踪迹。我启程返回时太晚，被困在营地附近的一处悬崖一段时间。霍华德报告说，除了火鸡的抓痕外，什么也没看见。

11 月 12 日

我们早早地启程去峡谷溪流，拉出一条起始于老弗莱威农场山道的东向"基线"。这条山道是从我们营地后面延伸到山上的。我们抵达了峡谷溪流稍往南的地方，就是我们昨天下山之处。我们发现三匹鞍马拴在悬崖边，却不见猎人。我们牵着一匹马从悬崖一侧下了山。在我所处的悬崖末端的一个陡峭的小山脊上，我遇到了一头健壮的雄鹿。它正躺在一棵冷杉树下。尽管我离它只有 50 码的距离，但它只需一跃，就能离开我们的视线。在它绕着悬崖另一端奔跑时我又一次看到了它。霍华德瞥见了它，但没有射击。雄鹿消失不久，霍华德看到了五头雌鹿出现在他背后的小路上，在距我 30 码处小跑经过——这几乎是一箭即中的距离。

我们跨过溪流爬上了东侧平顶山脊的高点。这里有大量的刺柏果和许多鹿的脚印。我们在附近这一地区看到了三群雌鹿，但没有看到雄鹿。我们从山脊另一侧向下，在返回营地的途中打猎，并再次爬出峡谷以便野营。必须在 3 点半之前离开峡谷溪流才能在天黑前到达营地。我们发现了一对漂亮的蜕掉的白尾鹿鹿角，每边有四个鹿角尖，彼此相距几英尺。它们几乎是不可能同时蜕掉的，这里没有灌木丛或者大树枝可以让它们被蹭掉。

11 月 13 日

今天是星期日，所以我们虔诚地净了面，劈柴，做了一些发酵饼干，削尖箭头，还做了一些类似的小玩意儿。今天狂风大作，天气晴朗。我们今天下午要去攀岩寻找雄鹿。

下午：我们往东南方向去峡谷溪流打猎，遇到一位来自俄克拉何马（Oklahoma）的猎人。他追赶着一头鹿进入一个小峡谷，通过峡谷后进入一片大草原。我试着将鹿赶向霍华德，但是没那么幸运，因为它显然已经跑过了这片草原，并向下进入箱形希拉峡谷。在箱形希拉峡谷与箱形峡谷溪流交汇的地方，我们发现了一个长的匕首形山脊，其侧翼被篱笆包围，看上去生机勃勃。我们在这一山脊北侧末端行进，途中有两头雌性白尾鹿经过霍华德。我们通过希拉悬崖返回。在昏暗的阳光下，我们沿着高地大草原徒步，途中呼啸的狂风摇动着悬崖边的老雪松，一只翱翔的渡鸦发出嘶哑的叫声，飞过身下的深渊。这是一次沉重而又难忘的经历。在刚刚离开大草原处，我们遇到三头白尾鹿，但是太迟了，已经看不到鹿角了。它们飞快地隐没在一大片黄色的格兰马牧草中。风拂过牧草，就像拂过一丛丛蓟花冠毛。我们摸索着下山回到营地。

11 月 14 日

我们决定到河流南侧山脉做一次更为深入的探险。霍华德向下进入箱形峡谷，并由此向西穿过松林密布的山脊。他遇到两头雄性黑尾鹿，并向其中一头鹿射击了三次。

我带着一些布朗尼蛋糕，向南进入百合山脚下清溪的缺口处。我们刚下马不久就看到一头雌性白尾鹿。下到溪边，我们在一处阳光充沛的地点煮茶，周围有许多松鼠。我们听到向南射击的声音，随后一大群火鸡掠过峡谷向南侧斜坡飞翔。当它们飞过山顶时，我用望远镜看到了它们。我们沿小溪走到一个小陷阱，我从那里爬上山顶，并沿悬崖向西一边打猎一边返回拴马处。太阳刚落山时到达拴马处。我们沿这座悬崖看到将近 20 头鹿，包括两头白尾鹿和一头大的雄性黑尾鹿。一头大白尾鹿在 70 码处回头看我，当我的箭射向它时，它一跃而起。我的箭在它第二次跃起时射中了它。如果它当时站着不动，我一定会稳稳地击中它的脖子。

我又一次遇到了火鸡。当它们飞回峡谷南侧时，我数了一下，大约 40 只。我从未见过这样一大群火鸡，或者这样的一片狩猎地。

11 月 15 日

我和霍华德两人轮流骑一匹马赶去清溪，在峡谷中煮茶，然后下山去设陷阱。我们发现一个完整的白尾鹿兽群，还有一岁龄及未满一岁龄的幼鹿。在它们下山去喝水的时候，我们观察了一段时间，发现其中并没有雄鹿。然后我们开始向上爬。霍华德爬上了一个陡峭的山脊，我紧随其后。一离开霍华德，我就碰见两头非常大的雄性白尾鹿。有人在距那头鹿 90

码处以立姿持步枪射击，而我射出的箭被灌木丛挡住了。

就在接近山顶的位置，我突然在山上 50 码处的松树林中看到一头大雄鹿，它正从上面看我。我移动着避开灌木丛，拨开障碍物，快速射击。箭击中猎物瞬间明显的重击声告诉我，我击中了它——我几乎可以肯定，击中的是前侧肋骨或者肩部。雄鹿跳跃着，就像奔腾的野马，消失在正对霍华德的陡峭山脊上。我向霍华德大喊，他看到雄鹿跑来，它们的每次跳跃都能踏平橡树丛。雄鹿消失在两座山脊之间的凹陷处，并且没再出现；而我们显然已经控制了所有可能的出口。我们从 3 点半到 4 点等待着雄鹿大量失血，随后我循着它的血迹到达了霍华德上一次看到它的地点。斜坡上混杂了许多其他动物的踪迹，以至于几乎看不到明显的血迹了。我跟随着一片踩得很深的足迹到达了霍华德标记的地点，但是那里没有血迹，经过一番匆忙的搜寻，我们没能发现任何鹿。此时天色已经太晚，太危险，所以我们匆忙返回拴马处。黑暗中，我们在返回营地的路上艰难跋涉。

吃饱了晚餐，我想出了两条颇有说服力的推论：（1）如果猎场内有多于一头的雄鹿，那么我可能跟错了踪迹；（2）如果箭射得不深，为什么雄鹿在坚硬的橡树丛中穿梭时，箭没有掉落从而被我们发现呢？

11月16日

我们返回清溪验证这些有趣的推论。我花费了整个上午去检查猎场的情况，确信这里至少有三头雄鹿，其中两头在我们两人都没看见的情况下爬上了山顶。然而，在任何一条小路上，都没有血迹和断箭。我们极不情愿地停止了搜索。

在返回猎场的路上，我惊起了一整群火鸡，有40只。它们向北飞去，不久，我听到两声枪响，我知道它们已经被我驱赶到霍华德那里。等他加入我一起作战，我才得知他打出一枪远射，但是一无所获。

下午我们在山脊上向西狩猎。没见到白尾鹿，但是我在70码的距离上射中了一头美丽的黑尾鹿，它两侧犄角各有三个鹿角尖。我高估了射击距离，箭越过了它。在它逃跑时，霍华德看到了另一头在奔跑的鹿，但是没有射击。

我们现在能听到前面的火鸡发出的声音。霍华德追踪着它们，并在60码处赶起了整个鸟群，但是错过了射击的时机。同时我能够从另一侧看到它们，但是在75码处射击时犹豫了，期待着霍华德的射击能够将它们赶得紧凑一些。最终我在 70 码处冒险射出一箭，但是一些头顶的枝干干扰了箭的轨迹，我只射中了一棵刺柏树。当这整群鸟儿在我们中间起飞，飞过峡谷时，似乎整个画面都突然转换成火鸡振翅向上飞翔穿过松林的景象。我们两人都再也不会见到这样的景象了。

由于自身的失误，我们在营地度过了一个沮丧的夜晚。很晚才睡。

11 月 17 日

刮脸，洗衣，晾晒，以及记录下我们不走运的遭遇，这些经历即使没有带来猎物，毕竟也带我们见到了难忘的景象。霍华德下行至开阔的平地，并练习使用步枪。我们的信心与雄心也随着干净的内衣和温暖的阳光回来了。不包括今天下午，我们的行程只剩下三天了。

下午：沿希拉箱形峡谷下行，向西爬上第二座开阔的平顶山。这片斜坡上布满了火鸡的抓痕和鹿的脚印，但是我们什么动物也没找到，相信它们正隐藏在松林的更深处。我们循着踪迹往回搜索，霍华德看到三头雌鹿。天黑之前，我们回到了营地。

11 月 18 日

我们又去清溪山脊打猎。天气变得非常干燥，以至于在无风的状态下追踪鹿是没什么希望的，除非是在一大早，动物栖息的草垫完全干透之前。我们只见到几头雌鹿和未满一岁龄的幼鹿。当我们抵达山脊时，十几只火鸡从我身边经过，其中两只就在我眼前，其他的在山崖下。我离那两只火鸡仅有 30 码的距离，但是射偏了。它们没看到我，当箭穿过时，它们仅仅跳了几下，仿佛那是掉落的树枝。在 70 码处又有一个攻击鸟群的机会，但我没有射击。我担心它们会飞走而让霍华德丢掉机会。然而，当他赶上来时，我们找不到鸟群了。沿悬崖返回时，我们没有看到任何鹿——无风。

11 月 19 日

我们在山上，冒险从南侧穿过清溪。霍华德看到三只火鸡，从某处飞来落到他附近，但他没有射击。后来我们就找不到它们了。我们向东搜索，发现杰克逊（Jackson）平顶山太平坦、光滑了，并没有鹿或者火鸡的踪迹。我们在小溪的缺口处搜索，但是只有极少的足迹。然后我徒步去小溪处牵马，而霍华德则爬上山脊。他什么也没看到。在路上等待霍华德时，我见到一头雌鹿和未满一岁龄的幼鹿。返回营地睡觉时已经很晚了。

11 月 20 日

我们穿过山脊向东南方向仔细搜索。霍华德在松林外的一处地方遇到了一头漂亮的雄鹿，但是它跳了两下就离开视野了。当我们达到山脊时，我试图重新寻找我 15 日时射中的那头雄鹿。一开始，我在它中箭的地点的北侧山脊听到一些苍蝇发出嗡嗡声。我原以为找到了方向，但是没过多久就发现山脊的所有地方都有苍蝇。傍晚时分我们再次搜索了悬崖，但是风向下吹向我们，几乎没有机会。只看到一头雌鹿。火鸡一天都在悬崖上，留下了大量的踪迹。

我们在营地遇到了蒂普顿，他让我们打包准备离开。

慎重的忠告

1. 雄鹿喜欢在悬崖下陡峭山脊上的道格拉斯黄杉下栖

息。或者在松林里栖息。

2. 矮松灌木丛是雌鹿的家园。

3. 当松子的位置很高时，黑尾鹿会取食刺柏果。一些白尾鹿待在无坚果的橡树林中。

4. 平顶山边缘散布着熔岩区，那是一片大草原，只有斜坡上会长松树。

5. 雄鹿并不一定会在它们取食的山谷同侧栖息。

6. 只有雌鹿在天黑前饮水，但是雄鹿和雌鹿都在天黑前觅食。

7. 当你停下休息或观察时，要停在阴影中。

8. 在干燥地区无法追踪鹿，除非是在大风天气或者清晨。山北坡保持安静的时间最长。

9. 受惊的鹿倾向于（1）逃向山上，（2）进入风中，（3）围绕一点转圈，（4）奔向有植被覆盖或者崎岖不平的地面。当它受到光的惊吓时，最可能做出第二种反应；当受到气味的惊扰时，其他任何情况都有可能。

10. 火鸡的嗅觉不够灵敏，在捕猎时，气味不会成为干扰因素。

希拉，1927

希拉，1929

马格达莱纳　新墨西哥州（P.O. Magdalena, N.M.）

装备

施塔克：50 磅紫杉长弓，由乔治·凯默勒（George Kemmerer）开始制作，施塔克收尾。施塔克用了 6 个自制的阿拉斯加雪松有脚箭头，和 18 个我在 1927 年希拉旅行剩余的桦树箭头。马具和生牛皮箭筒是他自制的。

卡尔：.30– .30 温切斯特卡宾枪。

奥尔多：60 磅橙桑木弓；20 枝无脚韦尼格箭头的阿拉斯加雪松箭。马具和箭筒都是 1927 年的。

挺进

11 月 6 日，上午 8 点离开阿尔伯克基（Albuquerque）。

中午 12 点 30 抵达马格达莱纳。下午 4 点半抵达埃文斯（Evans）牧场。11 月 7 日早 8 点，携带四个轻装包裹离开。下午 2 点在雨中抵达白石（Whiterock）蓄水池。我们在埃文斯牧场见到一头独自行动的雄性羚羊，并在本特科拉尔（Burnt Corral）平顶山发现了两群羚羊，一群 22 头，另一群约 6 头。我们把行李放回去，但是带着"坦戈"（Tango），一匹黑色的小型马，它的前额有一块白色星状标记，极具艺术气质。狂风呼啸，持续到睡觉时间（晚上 8 点）。睡觉时卡尔感到冷，而我感到累。

11 月 8 日

这是一个阳光明媚的早上。清晨 4 点，我们在黑暗中起床。太阳出来后，我们开始布置营地。在一个满是格兰马牧草的美丽的平原边上，有一棵巨大的树冠伸展的刺柏，我们就把营地设在树下。此处位于埃文斯储水池下行 200 码处。营地 200 码范围内有足够多的橡树丛和刺柏丛，足以给美军提供装备了，只是他们不会珍惜这样的好木材。

下午，我们修整了距离营地仅 50 码处一棵已经死去的大刺柏，将散发着芳香的木材捆在一起——也有一些橡树木材，并开始发酵面团和准备其他用于庆祝的食物，包括一罐豆子。在一场雪中，我们吃了豆子和玉米面包作为晚餐。这场雪从下午中段开始，到就寝时积雪已厚达两英寸。这使得明天很有希望找到鹿。晚餐后，我们在温暖舒适且干燥的营地里听着音乐，而外面所有的一切都洁白而寒冷。

11月9日

我们黎明前起床，早饭饱餐了一顿发酵薄煎饼。上午8点出发，此时雾气正在白雪世界中升起。在营地西北方的平顶山大草原，有一群鹿的脚印，包括至少一头大雄鹿。它们在夜里向西移动——很可能是由于猎人们在那里聚集使得它跑出了东希拉地区。我们原路返回到它们逃出的白石谷处，确定这是今天的最佳狩猎点。

然后，卡尔和施塔克勘查了向西北方向绵延起伏的丘陵，他们在那里看到三群雌鹿，共13头（只有一头未满一岁龄的幼鹿，没有雄鹿）。他们还击中了一只棉尾兔，但是把它丢了。

我沿着蒙托亚（Montoya）的牧场围栏向东北方前进，跨过第一道小峡谷时遇到两头雄鹿，一头很大（至少有八个鹿角尖，甚至可能有十个），而另一头较小。它们沿着大草原北侧向温德福尔（Windfall）峡谷行进。在逃出 125 码之前，大雄鹿给了我一次侧向立姿射击的机会。同时，另外两头鹿在向东的山丘上一直观察着我。我分辨不出它们的性别。

我们在营地会合吃午餐，然后向南探险找到一个通道。如果没有牧场围栏的话这会是一个很棒的通道。在营地后面的丘陵牧场，我们看到 30 头羚羊在向南的平顶山上觅食。夕阳下，广阔的希拉平原展现在我们面前，安静得听得见蟋蟀的鸣叫。这壮美的景色，使得这次旅行珍贵而难忘。

我们享用了一顿丰盛的晚餐，有火腿、玉米粥和中午做的发酵小圆饼，晚上的时间用来计划明天的行动。

蜡烛正滴下烛泪，男孩儿们都睡了。今天就写到这里吧。

11 月 10 日——开局的一天

我和施塔克留在营地正北方的"通道"处,而卡尔深入到温德福尔峡谷,昨天我看到两头雄鹿从那儿逃走了。除了一头雌鹿和一头郊狼,没有动物跑到我们扼守的通道来,它们都被开始的枪声吓跑了。我们觉得很冷。在煮食了一些豌豆精汤之后,我们启程前往悬崖边上的一系列短小的峡谷,进入蒙托亚峡谷。在前三条小峡谷中均无发现,当我接近第四条峡谷时(现在称之为雄鹿峡谷),一头大雄鹿跳了出来,它没有向山上施塔克把守的地方跑,而是掉头奔向了河谷。它跑出射击视野外不到 200 码,我听到枪响——只有一声。我开始告诉自己,我用小号角发出"嘟——嘟——嘟——"的声音,已经提醒了某个人这里有一头很棒的雄鹿,这种声音是"鹿已死亡——过来帮忙"的约定信号。

我和施塔克都听到了枪响,我们欢呼着跑过去与卡尔会合,他从一条小河谷中爬上来,脸上带着预想中的大笑。

希拉的猎鹿日（卡尔·利奥波德）

我们很晚才从营地出发。奥尔多和施塔克守在白石谷上方的通道处。当我离开他们时，太阳已经升起来了。从平顶山到温德福尔峡谷大约一公里。昨天奥尔多在峡谷中见到了两头雄鹿。我沿着陈旧的蒙托亚牧场围栏行进。离峡谷边缘仍有 200 码的距离时，有五头雄鹿跃出地平线，出现在我的东侧，并与我平行奔跑。它们往回看，但是没有看见我。

它们很久后才消失在山谷中。我悄悄爬到悬崖上方约 200 码处，它们就是从这儿进入山谷的。几分钟之后，它们都转移到了一个开阔的地方，正好在我对面，距离我不到 200 码的距离。我观察了它们足有半个小时。它们很警觉，但是并未受惊——总共有四头大雄鹿和一头小鹿。最终它们返回我下方的峡谷底部，但是离开了我的视野。所以我悄悄靠近它们，等待一个开始的时机。

等待时机的过程中，我渐渐地冻僵了。我决定尝试射击。其中一头大雄鹿跑过一片开阔地，我向它的肩部射击——失败了。这地方由于跳跃的雄鹿而突然热闹起来。两头雄鹿向峡谷上方赶去，三头雄鹿立即进入了开阔地，再一次面对我。它们停在对面的山脊上，四下察看了几分钟，然后消失在一片小河谷中，但是它们仍然没有受到很大的惊吓。

我停下来进入温德福尔峡谷，向上前进了约八分之三英里，然后爬过开阔的山脊进入河谷顶端，并非常缓慢地搜索。这里几乎没有风。从灌木丛到树，从树到岩石，我用望远镜缓慢地搜索着。最终我找到了猎物，就在我的望远镜视野中央，一头美丽的大雄鹿，大约在 125 码开外，就在河谷的底部，正向我走来。两头小一点的雄鹿在它后面。我跪在一片矮灌木后的平整岩石上，专心观察并等待时机。那头雄鹿半小时内移动了很长一段距离，在 90% 的时间都很警觉。我的膝盖变得僵硬，脖子也一样，但是我决定伸出枪管，干脆利落地射一枪。最终，它们几乎停止了移动，而我认为，时机到了。

当我举起点 .30 口径的老枪，我意识到现在已经太迟了。那头雄鹿头面向我而不是侧向一边，但是它直视着我，此时再调整已经太晚了。我小心地向下瞄准，但是彻底地失误了，它们再一次穿过开阔的山坡逃走了。

一头有十个鹿角尖的黑尾鹿胸部相当于一个直径十英

寸的圆形靶子。我怎么能在90码以内的距离上射偏呢？从获取猎物的角度来看，这件事情有点令人沮丧，但是我的确度过了一段快乐的时光。逃亡者的路线上没有血迹。我从河谷到峡谷搜索，再下行到峡谷底部。我们在一处阳光温煦的地点吸烟，吃午饭，此时七头雌鹿从对面经过。

刚吃完午饭就遇到了两头雄鹿，它们挨得很近，但我被发现了——根本来不及举枪。搜索了约半公里，然后爬上山南侧，搜索平顶山边缘再返回白石谷。三头雌鹿从一个水洼处跑了出来。而且另一头雄鹿紧紧地跟着它们，但是隐藏得很好，我没有机会开枪。

我们返回蒙托亚野外小棚屋的东岔路，在那里会合吃午餐，并决定休息一会儿再观察。我们选择了一个开口处，我能从那里看到河谷，然后坐在一个刺柏丛边。这个猎不到鹿的一天要结束了。我想知道男孩儿们都在哪儿，他们的运气如何。一块石头在对面的山坡上发出咯咯的声响，一头雄鹿就在那儿，它正悄悄地潜行。这是一头大家伙，直冲着我而来。我单膝跪地，选择守在这块空地上。我希望它会从这里经过，而它也确实小跑着从这里经过了。已经没有时间考虑瞄准，它已经靠近了，离我大约

70 码。

这是幸运的一枪，它当即倒下，一动不动。我观察了它几秒钟，然后用古老的号角吹出三个长音。然后就是真正的惊喜和乐事了。奥尔多和施塔克用他们的声音回应了号角声，不久就出现在那头雄鹿所经过的路上。他们自己也曾遇到这头鹿，并正好将它赶到我的伏击区。这对于我来说是一个幸运的突破，我们给这头鹿拍照，并一起庆祝这次的收获。这头鹿的角有 11 个鹿角尖，且状态良好。我们把它的内脏带回营地作为晚餐。

11 月 11 日

我们三个带着"坦戈"出发去打包搬运卡尔的雄鹿。在路上我瞥到了几头鹿，我们曾在距离营地约半公里的白石谷下方遇到过它们。我们找到了那头雄鹿，它还是我们离开时那样，只是已经被冻得很坚硬了。我们拍了几张照片，并记录下重量（部分数据是之后获得的，但是也写在这里，给出它的完整数据）。

重量

内脏	36 磅
肝脏和肾脏（估计）..............................	8 磅
血（估计）...	5 磅
总重	49 磅
头和鹿皮	20 磅
损耗（估计）..	6 磅
非肉总量	75 磅
肉，包括足和颈	100 磅
总重	175 磅

测量数据

角：

最宽处，从尖端到尖端..........................	27 英寸
基部周长，用钢卷尺环绕疣状突起	4.5 英寸
鹿角尖总数	11 个
耳朵，耳尖至耳尖..................................	22 英寸

蹄长：

前蹄	2.25 英寸
后蹄	2 英寸

卡尔带着雄鹿返回营地，而我和施塔克则穿越大草原去往温德福尔峡谷。卡尔去了温德福尔峡谷的入口处，并骑着马迎向我们。他驱赶着两头一岁龄的幼鹿在与我相距约20码的地方经过。不久某支其他的队伍赶着几头雄鹿经过我们——射击距离太远了。我们略过大草原直接去雄鹿峡谷，卡尔试图将它们从那儿赶回来，但是很不幸只有几头雌鹿。然后卡尔骑着马回营地，而施塔克和我则去往西边一座高的刺柏山丘。我从一侧进入，他在另一侧。一整列雌鹿和四头大雄鹿在离我约60码远的地方经过，但是丛林太茂密了，无法射击。施塔克试着射了一箭，但是距离很短就掉落了。整个鹿群消失在下一个向西的山脊上，只让我们看到了后蹄。

我们在返回营地的途中看到了一些雌鹿。晚餐煨了雄鹿的内脏来吃。

11月12日

卡尔留在营地收拾他的雄鹿。施塔克和我返回昨天看到四头雄鹿的地方。我将施塔克带到一个长有矮松的地点。在河谷的起始处，我们看到一头鹿卧在矮松下，正在不到

50 码外看着我。阳光直射在它身上，我在望远镜里几乎看不到它，也很难分辨出它是否有角。最终，我看到了鹿角，但我不想射击，因为那样我就得从正面射击。除此之外，路面上的粗大树枝也对射击构成了障碍。所以我决定冒险直接走过去，希望找到一条能够侧向射击的路线。这头鹿随后跳了起来，可以想象我看到一头八个鹿角尖的白尾鹿的惊喜！当然，它还是躲在灌木丛里。我试着射出一箭，但是没有击中，而是射入了一块多孔的熔岩岩石，深达半英寸。

在昨天我们发现四头雄鹿的河谷处，除了雌鹿，什么也没看见。

之后，我们向西去了下一个斜坡，打猎回营。就在到达（目的地）之前，我们听到山谷北侧传来一声枪响。我们躲在一棵刺柏下，等了 5 分钟，但是什么也没发现，所以我们继续骑马前行。之后，一头大雄鹿（大约六或八个鹿角尖）从北侧跑下来，正好经过了我们待过的刺柏！我试着射出一箭，但是太远了。箭裂开了。

然后施塔克开始下坡，我沿着坡顶走上回营地的路。他还没走多远，一头四个鹿角尖的雄鹿跟着一头雌鹿从北侧的峡谷跑出来，沿着施塔克的路线进入了我们所在的峡谷。这时又有一声枪响，我希望施塔克能回头看到那些鹿。我已经向山脊下方移出了 75 码，这个射击距离对我来说太远了。不久，又一声枪响，跟着又出现一头四个鹿角尖的雄鹿。然后，又是一声枪响，（出现了）另一头前腿受伤的四个鹿角尖的雄鹿。我本应该试着拦截这头鹿，但是仍旧抱着施塔克在那儿的希望，没去拦截。最终，有两个猎人跟了过来——似乎从未察觉他们的加入对整个捕猎活动有什么影响，而我非常肯定，他们会惊跑我身边所有的三头雄鹿。没有一头鹿跑过来。之后，我吹响了号角，并没有得到回应，我才知道施塔克根本不在那儿，而是按照他接受的指令下了山坡！因此，我在 30 分钟内，错过了四次猎取雄鹿的机会。

我们 2 点半进入营地，发现卡尔已经把雄鹿处理好了。我们洗漱后，在橡木炭上烤肋骨。它们看上去很美味，但是太硬——时间太短还没烤好。还好，酸面包和通心粉安慰了我们。

11 月 13 日

施塔克和我骑马返回刺柏山西侧，而卡尔骑马去布莱克

　　　　　　　　　　　　　　　　环河

（Black）山寻找火鸡。我们发现到处都是猎人，得不到任何射击机会或者好的捕猎目标。我发现了一头小角鹿，它在睡觉时被射中但是没有人声明占有它，很可能是因为它的角比法定的六英寸限制略短。站在通道上非常冷。

11 月 14 日

我们都向南沿着峡谷边缘的山崖处来到 TJ 狩猎点。我们能够看到峡谷边缘下方位置的鹿。我们遇到一队猎人，他们正在跨越峡谷约半公里的位置射击一头雄鹿。沿着 TJ 路线下行，在我们到达的第一座山丘处，卡尔遇到一头非常大的雄性黑尾鹿。这头黑尾鹿两次逃脱了我们驱赶它的企图，最终逃离了这片区域。在 TJ 狩猎点北部的干燥的箱形峡谷，我们发现了许多火鸡的踪迹。我们骑马到达这个峡谷的北侧，分头行动。我在这个峡谷的东侧山脊发现了一片很好的猎鹿区，但是无法单独作业。最终，我找到施塔克，爬出营地下方的小箱形峡谷，峡谷起始处有丰富的植被和几个水湾。我们发现卡尔已经向北去峡谷起始处打猎和野营了。这是辛苦但有趣的一天。

11 月 15 日

我们做了一些基本的洗衣和清扫工作，直到上午 10 点。然后下行经波特霍尔（Pothole）小屋进入大峡谷。卡尔在那里猎取火鸡，而我和施塔克试图猎鹿。在下坡的路上，卡尔遇到了一头大雄鹿——可能是我们昨天在 TJ 山上猎捕的那一头。它斜穿过峡谷，不久以后，TJ 山上开始响起巨大的霰弹枪射击声。我们进入那个位置，不久一头雌鹿喘息着跑过来，首先跑近我，然后是施塔克。那头大雄鹿就跟在它后面跑回来，但是雌鹿已经觉察到我并看到了施塔克，雄鹿就能够朝相反的方向逃跑，并扩大我们之间的距离，保持自身处于我们两人的射击范围之外。

我们打算今天下午去这条峡谷西侧的平顶山打猎，但是听说其他猎人已经去了那儿。在与卡尔烹制了午餐之后，我们骑马向南去往狩猎点。路上遇到几头鹿，但是风不够大——它们似乎知道我们两人的位置，并因此逃掉了。落日下，施塔克在 TJ 山下的河道转弯处看到了一头大雄鹿。他想跟着它（大雄鹿）去往悬崖处，但我已筋疲力尽，无法跟上。我们爬出小径，很晚才回到营地。

11 月 16 日

我们花费早上的时间制作肉干并打扫营地。我们用了卡尔猎到的雄鹿的整条大腿和一个肩部。当我们去翻动时，发现它在一天之内就几乎全干了，应该两天就能风干"好"了。它的面积和厚度都缩水了 75%。下午，我们在白石山做了一次小规模的捕猎。尽管今天早上有人在这座山上开过枪，骑着马的卡尔还是遇到了三头雄鹿。其中一头缓缓移动着穿过了蒙托亚峡谷起始处的畜栏。卡尔在 80 码处射了两箭，箭两次飞过了鹿的背部。明天我们要集中在这座山上捕猎。

11 月 17 日

再一次来到这座大本营一样的山丘，但是它变得非常安静。我们在白石谷看到一头雄鹿，但是没有射击。晚上，我们又一次赶往蒙托亚箱形峡谷捕猎。在那儿，我从一段松木原木上摔了下来。我们在雄鹿峡谷入口附近看到了几头雌鹿和一岁龄的幼鹿，但没有看到雄鹿。这是一个美丽而又宁静的夜晚。

11 月 18 日

卡尔骑马前往坑坑洼洼的方形熔岩区域，并将一头美丽的雄鹿赶过正上方的岩壁。他在 70 码距离上射击，几乎直接射落在悬崖上，以仅几英寸的距离错过了那头雄鹿。

之后，我们三人小心地搜索了刺柏峡谷的山脊。轻柔的西风吹过，我们靠近了一群鹿。有一头在离我 60 码远的地方经过，但是由于它一直躲在灌木丛后面的树荫下，我没能分辨出这是一头雄鹿还是雌鹿。

晚上，我们抵达山脊上的狩猎点。三头雄鹿被其他一些猎人惊起，远远地冲在我前头，并向右转弯。我站在一个交叉路口处，我知道这个路口所在的山脊上，卡尔和施塔克正在并肩工作。不久我听到鹿的声音，看到三头小鹿沿对角线方向从山上下来跑向我，但又被灌木丛遮挡着。当它们位于我正对面约 60 码的距离时，它们停下了，似乎在严肃地思考鹿族的命运。之后令我大为惊讶的是，它们正对着我笔直地跳下山，但是仍旧被灌木丛遮挡着。当它们跑过一个非常小的开口处，我分辨出前两头鹿是雌鹿，而最后一头似乎是小鹿。我靠近刺柏下一个敞亮的缺口，我知道它们会从这里经过，大约在我左侧 30 码处。不一会儿两头雌鹿以一种奇怪的犹豫的步伐小跑过来，我不确定，下一个瞬间它们会完全停止还是因受惊跳跃。随后跟着的是一头小鹿。我尚未确定它的角是否达到了六英寸（法定最小值），我想在第一时间清晰地确认这个事实，而不是最后去评估射击距离和目标，这也是我应该做的。然后我射击了，箭越过了它的后背，没有击中猎物，并在岩石上碎裂了。射击时，我将弓拉开仅两英尺，而不是三英尺。

小鹿跳上了山。在 120 码距离上我射出了第二箭，就像是一种告别。

除非在猎鹿者的梦中，一击必杀的完美机会没再出现过。

没过一会儿，施塔克从山上下来，看上去很羞怯。我以为他是为我的表现感到羞愧，但是之后我才得知，他也在同一头小鹿身上丢掉了类似的射击机会。正是他的箭赶着它们下行到我把守的位置。

11 月 19 日

这是晴朗、平静而又无风的一天，并不适合打猎。我们再次去刺柏山尝试打猎。卡尔和施塔克见到一头非常大的雄鹿，但是除了开枪的机会，他们谋划不了任何事。在返回的路上我们骑行经过营地附近的一个狩猎点，我们早上曾在那里发现一头雄鹿，原以为悬崖会迫使它经过白石蓄水池。但雄鹿比我更懂得地形学，它在我们下方较低的悬崖边缘处折了回去。

11 月 20 日

打包返回埃文斯牧场。

一次失败的猎鹿行动的箴言

1. 鹿不会跟随任何东西。如果它能够穿越山脊、悬崖、峡谷甚至大草原，它就会这样做，尤其是在它顶风行动的时候。

2. 雌鹿都是率先行动——雄鹿紧随其后。

3. 白尾鹿会卧在原地不动，让你通过。

4. 除非靠得特别近，否则鹿不会因为气味而跳起逃跑。但是它会悄悄溜走，离开带气味的区域越远越好。

5. 骑马时，第一次奔跑很重要。骑马并不是一个好的选择，除非能够缓慢前进让每个人都坐上一半的时间。

6. 对面山上的灌木丛总是比你所在的这一侧更稀疏一些。这里就是最适宜射击的地方。

7. 跟着雌鹿和一岁龄幼鹿奔跑的小雄鹿，相对于大雄鹿，是更加容易用弓箭射击的目标。

8. 有风的一天抵得过天气平静的一周，有风的夜晚又是这其中最好的。

9. 捕猎时应一起行动，逆风或者顺风，不要分开两个箭程的距离，这是最好的战术队形。三人一齐行动要比两人好。让一个固定的人员待在"一个地方"，这样几乎没有效果。

10. 每天清洁望远镜，打猎时一定要带着它。好的采光和清洁的镜头对于在阴影处辨别鹿角十分必要，而且要比放大高倍数重要得多。对每一头"雌鹿"都要检查两次。

11. 不必过于小心。在快速前进或者遇到鹿时，你可以跑起来，不要未经观察就向站立或潜行中的鹿移动脚步。

12. 如果犹豫是否要射击，应立即射击，只需这头鹿是侧向对你的。

13. 带上用惯的箭（用一截橡皮管在箭尾标记），每天在你能找到的石头最少的地方射几箭。

在白石猎鹿营地学到的有用知识与注意事项

肝脏在第一天可以炖熟，但是直到第二天才能烤。它是鹿最好的部分。

肋排在第三天才会变得又韧又硬，可能放置得再久一些肉质也不会变得更好。

烤肉和排骨应在第五天炖，但是第七天之后才能烤或者炸。

去皮之后，所有的肉加工起来都更快。

去皮之后第五天，可以开始制作肉干。如果切得薄，且一天翻动一下，那么肉两天就可以完全干燥。其面积可缩小75%，而重量可能缩得更多（注意：下次旅行要算出重量的收缩率）。

若肉已部分冻结，肉干要顺着纹理切割。肉片切成0.25英寸以下的厚度是完全可行的。肩部和大腿用来做肉干是再好不过的。去掉所有的肥肉。

鹿皮要用尖锐的木钉铺在地面上，这是印第安人的风格。

番茄罐头极大地改善了由于处理不充分而味道很"重"的鹿肉汤。

用松针刷子蘸着培根肥油给烤物抹油。

臀部有一英寸厚脂肪的雄鹿属于适度的肥瘦程度；脂肪层少于上述标准的，太瘦；两英寸厚脂肪层的雄鹿只见于松子或刺柏果丰收的年景。

肾脏是一个特别的选择，因为板油应该烘烤而不是煮沸。心脏和脖颈最好用来做汤或者炖肉。

格斯的最后一次捕猎

利奥波德小屋，
巴拉布（Baraboo），威斯康星州

我们出发去猎鹿，操舟驶向上游的安克岛（Anchor's island），希望岛上没有其他猎手。我站在较低的交叉口处，而埃斯特拉和格斯则去北岸驱赶。他们离开不久我就发现了一头鹿的新鲜脚印，与大陆上的渠道相交，并且拖着一条腿，还有血。很显然，某人的跛脚猎物就在岛上。

几分钟内，一个面目可憎的猎手出现了。他已经跟着他的跛脚猎物来到岛上，但是没有找到它。

正当我与猎手交谈时，格斯发出了发现"大猎物"时短促而尖锐的叫声。我知道它已经找到了那头跛脚的鹿，并赶去与它会合。

当我到达那里时，发现埃斯特拉在哭泣，而格斯在河中央。那头鹿已经走了水路，而且穿过河流到达了北岸，格斯跟了上去。在河中央的沙洲上，它赶上了那头雌鹿，但被它踢中了。我已经听到了雌鹿发出一声响亮的叫声，就像一头半大的牛犊处于绝望时发出的声音。

由于腿弯着，格斯游泳很吃力。我担心，无论它是否有体力游到河对岸，河里的水都会冲走它。我们急忙赶回小船，但是距离太远了，我没能及时救起它。当它最终到达北岸时，我们都欣喜若狂。

我花了半小时的时间找到小船并驾船穿过河流。当我赶到时，格斯的后腿在水中而前腿紧紧地扒住草皮。它虚弱地吠叫着，但已无法抬起头。我将它救上岸，但是它已不能站立。它的后肢已经瘫痪，可能是因为力竭，也可能是因为被鹿踢了，或者两者兼有。

当我将它救上岸，格斯认出了我，但是没过多久它就陷入痉挛的痛苦中。我为它盖上了我的外套，但是再也不能为它做点别的事情了。我不得不向它道别，并结束了它的痛苦。

环河

博物探究——一种被遗忘的学问

不久之前，一个周六的夜晚，两位中年农场主设置了半夜的闹钟，醒来的那个周日后来被证明是风雪交加的一天。挤完奶，他们急于搭便车赶往威斯康星州中部的沙乡，那是一片"盛产"税收契据、美洲落叶松和野生饲草的地方。晚上，他们带着满满一卡车美洲落叶松幼苗和一颗敢于冒险的心返回了。借着提灯，他们将最后一棵树种在了家中的湿地中。挤奶的工作还在进行。

在威斯康星州，比起"农场主种植美洲落叶松"，"人咬狗"不算什么新闻。我们的农场主自 1840 年，就已经在挖掘、烧荒、引流以及砍伐美洲落叶松了。在这些他们居住的地区，美洲落叶松已被根除殆尽。那么，他们为什么要重新种植它们呢？因为二十年之后，他们希望重新引进小树林下的泥炭藓，然后是凤仙花、猪笼草以及威斯康星州沼泽其他濒临灭绝的原生野花。

没有相关部门为这些农夫们完全堂吉诃德式的事业向他们提供任何奖励。当然，做这些事情的动机并非为了获利。那又如何解释它的意义呢？我将其称为起义——一场针对土地单调经济态度的起义。（在这种心态下）假设我们必须征服所居住的这片土地，那么完全驯化的农场应该是最好的。然而，这两位农夫从经验获知，完全驯化的农场能够提供的不只是脆弱的生计，还有受限制的生活。于是他们形成了一个观点，即，既种植驯化的庄稼又养殖野生植物，才会得到愉快的生活。于是他们计划分割出一小块湿地种植天然野花。也许他们希望得到土地就像我们所有人希望得到孩子一样——不仅仅是一个创造生命的机会，也是表达和建立丰富、多样的内在属性的机会，既有野生的也有驯化的。有什么会比土地上的原生植物更能表达土地的属性呢？

在这里，我谈到了野生动植物中蕴含的快乐，以及结合运动与科学的博物探究。

历史从未试图使我的任务变得轻松。我们博物学者有许多要改善的东西。曾几何时，女士们和先生们在野外徜徉，他们不是为了了解这世界是如何组合在一起的，而是为下午茶的谈话收集话题。这是一个小型鸟的鸟类学的时代，一个用不押韵的句子表达植物学的时代，一个诸如"自然如此宏大！"的蒸汽时代。然而，如果浏览现在的业余鸟类学或者植物学期刊，你会发现新的看法是宽泛的。不过这可不是我们现行的正规教育系统的结果。

我认识一位工业化学家，他将他的业余时间用来重构候鸽的历史和它作为动物家族中的一员的戏剧性灭绝。候鸽在这位化学家出生之前就灭绝了，但是他已经挖掘了比前人掌握的更多的关于候鸽的知识。他是如何做到的呢？他阅读了我们州曾发行过的每一份报纸，以及同时期的日记、通讯和书籍。我估计他为了寻找与候鸽有关的数据，已经阅读了近 100,000 份文件。这样巨大的工作量，足以累垮任何一个以此为任务的人，可是这些工作使他满怀极度的喜悦，这种喜悦像是一个猎手巡山搜寻到罕见的鹿的喜悦，或者一位考古学家在埃及发掘到圣甲虫的喜悦。当然，这样的工作需要做的不仅仅是挖掘。圣甲虫被发现之后，关于它的解释需要最高超的技巧—— 一种无法从其他人那里学到，而是由发掘者在发掘时发展出来的技巧。此时，这个人已经发现了冒险、探索、科学和运动，所有这一切都在当代的"后院"①中进行，而千百万的小人物在"后院"中除了无聊什么都找不到。

另一项探索——这一次是在字面意义上的"后院"中——一位俄亥俄州的主妇对北美歌雀进行的研究。这种最常见的鸟儿在一百年前就已经被科学家标记和分类，并且当时就被遗忘了。我们这位俄亥俄州的业余爱好者有一种观点，即鸟群像人群一样，在姓名、性别和外貌之外，还有仍待了解的东西。她开始在花园里用陷阱捕捉北美歌雀，每一只都用赛璐珞脚环标记。因此她能够通过彩色标记识别出每一只鸟儿，去观察并记录它们的迁徙、觅食、争斗、歌唱、交配、筑巢和死亡。简而言之，去解读北美歌雀群落的内在运行机制。十年间，她对北美歌雀的社会、政治、经济和心理的了解超过了任何学习过鸟类知识的

① 此处的"后院"是引申义，见下文。

人。科学家们登门造访，各国的鸟类学家都来向她请教。

　　这两位业余爱好者偶然地获得了名望，但是他们最初的工作并未受到名望之类想法的驱使。然而，我要说的并非名望。他们获得了个人的满足，这比名望更为重要，几百名其他的业余爱好者也正在获得这样的满足。我现在问一个问题：我们的教育系统在博物学领域做了什么来鼓励个人业余学者呢？也许我们可以通过拜访一个典型的动物学班级来寻求这个问题的答案。我们发现有些学生能够记住一只猫骨骼上的隆起。这对研究骨骼当然很重要，否则，我们永远都不会理解动物从无到有的演化过程。但是为什么要记住这些隆起？我们被告知，这是生物学科的重要组成部分。然而，我要问，对现存的动物以及它如何守住在生物界中的位置的理解，难道不是同样重要吗？不幸的是，现存的动物实际上被目前的动物学教育系统忽略了。例如，在我自己的大学里，我们没有开设鸟类学或者哺乳动物学方面的课程。

　　可能人们对现存的植物群还没有完全丧失兴趣，除此之外，植物学教育与动物学教育存在相似的情况。

　　我们来追溯一下户外研究被逐出学校的原因和历史。

那时出现了实验室生物学。当时业余爱好者的博物学旨在研究小型鸟的多样性，而专业的博物学包括标记物种和收集其关于饮食习惯的现象，却无须对其做出阐释。简而言之，在那个时候，正在增长的、生机勃勃的实验室技术正处于与停滞不前的户外技术的竞争之中。很自然，实验室生物学不久就被视为更高形式的科学。它在发展的过程中将博物学挤出了教育的框架。

目前记忆骨骼分布的教育长跑就是这一逻辑上完美的竞争过程的结果。当然，还有其他正当理由：医学生需要它，动物学教师需要它。但是我主张，普通公民需要它的迫切性远远比不上他们理解活生生的世界的需要。

在此期间，野外研究已经发展出了和实验室研究一样的符合科学标准的技术和观念。业余研究者不再局限于愉悦的乡村漫步和在这过程中产生的物种清单、迁徙日期清单以及罕见事件清单。鸟类环志、羽毛标记、鸟类普查以及行为和环境实验操作，是所有人都可获得的技术，它们都是定量科学。如果有想象力和毅力，业余爱好者就能够挑选出并解决那些像艰深科学领域一样原创的、实际的、科学的博物学问题。

现代观点认为实验室研究和野外研究并非竞争关系而是互补关系。然而，当前的课程设置尚未反映出这种新的形势。丰富课程需要花钱，因此倾向于博物学爱好的普通院校的学生受到了学校的冷落而非鼓励。学校并未教他们怀着感激和理智去看待他们的乡土，而是教他们解剖猫。如果可能，这两种技能都该传授给他们，但是如果必须减掉一个，那应该是后者。

作为培养公民的方法，这种生物学教育是失衡的，也是无果的，为了将这一点看得更清楚，让我们和一些有代表性的美国大学优等生荣誉学会[1]的学生一起去野外，并问他们一些问题。我们能够有把握地假设他知道被子植物和猫是如何搭配在一起的，但是让我们来测试一下，他怎样理解土地如何组成一个整体。

我们行驶在密苏里州北部的一条乡村公路上。这里有一片农庄。看看园子里的树和田野里的土壤，告诉我们，最初的定居者是在草原上还是树林中建成了农场？在感恩节

---

[1] Phi Beta Kappa Society，美国最古老的高校荣誉团体，用以表彰人文与自然科学领域的精英学生。其中Phi Beta Kappa分别是其格言"爱智慧（哲学）乃人生指引"对应的希腊文中三个单词。

时，吃草原松鸡还是野生的火鸡？有什么植物最初在这里生长但现在这里不生长？它们为什么消失了？草原植物对土壤的玉米产量有何影响？为什么土壤现在受到侵蚀而那时没有？

再一次假设我们在欧扎克高原（Ozarks）旅行。这里有一片荒废的原野，豚草稀疏而短小。这告诉了我们任何关于取消抵押品赎回权的事情吗？大约多久之前？这片原野会是找鹌鹑的好地方吗？短小的豚草与远处墓地背后的人类故事有关联吗？如果在这一流域所有的豚草都很短小，那它会告诉我们关于河流中未来洪水的事情吗？会告诉我们关于黑鲈和鳟鱼的未来吗？

我担心我们的优等生荣誉学会中的生物学家会认为这些问题很荒唐。可它们并不荒唐。任何有观察力的业余博物学家都应当能够聪明地推测出所有这一切，并在做这件事时获得乐趣。你也会看到，现代的博物学只是顺便研究植物和动物的识别，也只是顺便研究它们的栖息地和行为。博物学主要研究的是动植物之间的关系，它们与它们生长所需的土地和水的关系，以及它们与人类的关系——人类歌颂着"我的乡村"，却很少或根本看不到它内部的运转。这种关于关系的新学问被称为生态学，其实我们如何称呼它都无所谓。问题在于，这个受到高等教育的公民知道自己只是生态系统中无足轻重的一员吗？他知道如果保持与生态系统的和谐，那么他的精神和物质财富将无限扩展吗？他知道如果他拒绝这样做，他最终会被生态系统碾作齑粉吗？如果教育不能传授给我们这些东西，那教育是为了什么呢？

我担心保护主义者们已经采纳了先知的教学方法：如果人们没有修正他们的路线，我们就在暗中低声咕哝即将发生的厄运。好吧，厄运即将来临。如果看不到这一点，没有人能成为生态学家，就算是业余的也不可能。但是，人们会因为对灾难的恐惧而修正他们的路线吗？我有所怀疑。他们更有可能出于纯粹的好奇与兴趣来做这件事。我认为，当"农夫种植美洲落叶松"不再是什么新闻的时候，我们就要做好准备来践行环境保护了。

乡 村

在"土地"与"乡村"之间存在着诸多混淆。土地是这样一个地方，它承载着谷物、沟渠和债权。乡村则是土地的个性，是土壤、生命与气候共同构成的和谐体系。乡村不懂得债权，不懂得按字母排列的机构，也不懂得烟草路；它对它所谓的拥有者们很疏远。我的农场之前归一个私酒贩子所有，对地里的松鸡没有丝毫的抱怨。松鸡们骄傲地在灌木丛中飞翔，就好像它们是国王的客人。

贫瘠的土地可能是富饶的乡村，反之亦然。只有经济学家才会错把经济上的财富当作富饶。尽管在物质保障方面显而易见地贫穷，乡村可能还是富裕的。乡村的价值可能第一眼看上去不高，但不是一直不高。

例如，我知道的某个湖岸，一片枝叶凋零的松树和波浪荡涤的沙洲。一整天你看到的只有浪花拍岸之类的景象，一条暗带伸向更远处，远过你能用桨划到的地方，几公里内都是这种单调乏味不值得记录的景象。但是日薄西山时，一只鸥随着散漫的微风滑过海岬，在岬后突然出现一群吵闹的潜鸟，暴露出隐藏的海湾。你被突如其来的冲动牵引着上了岸，踏上了熊果地毯，摘下一块香脂，偷偷采一些岸上的李子或者蓝莓，或者从位于沙丘后面矮林丛生的寂静中偷猎鹌鹑。一个海湾？为什么不也是一条鳟鱼河？剧烈地摇动用夹子固定的横跨在船舷上的船桨，（船桨击水）飒飒而鸣，弯弓射向陆地时也能感到它剧烈的摆动。我们劈开绿色的树丛用来搭建营地。

之后，一缕晚餐的炊烟懒懒地升起在海湾上空，一堆火焰在下垂的大树枝下闪着光芒。这是一片贫瘠的土地，却是富饶的乡村。

一些常绿树木显然是缺乏吸引力的。树干笔直的橡树和美国鹅掌楸种植在路边可能是很适宜观赏的，但是一旦深入了解，我们可能发现它们只是低等的小植物，用浑浊的流水灌溉，缺少野生植物的生命力。我无法解释为什么一条红色的溪流不是小溪。我也不能通过逻辑推理来证明一片没有潜在的鹌鹑等鸟类喧闹的灌木丛只是一片荆棘地。然而，每一位户外人士都知道这是真理。认为野生生物仅仅是用来猎杀或观赏的东西，这是一种粗俗的谬误。它常常代表着富饶乡村与贫瘠土地的差异。

有些树林看上去平淡无奇，那是因为没能看到它的内部。没有什么会比玉米种植带的植林地更平凡，然而，如果到了8月份，粉碎的薄荷或熟透的鬼臼果会告诉你这是个好地方。照在山胡桃上的十月阳光，是富饶乡村无可辩驳的证据；我们关注的不仅仅是山胡桃树，还有更加深入的生物活动的完整链条：也许是黑暗中燃烧着的橡木炭，或是一只年幼的棕色松鼠，以及远处正发出大笑般叫声的横斑林鸮。

人们对乡村的品位展示了个体之间的美学多样性，就像对歌剧或者油画颜料的品位。有些人愿意成群结队地通过"风景优美的"地区，如果有适宜的山川、瀑布、悬崖和湖泊，那他们就会发现山河的壮美。对于这些人，堪萨斯

（Kansas）平原就太单调乏味了。他们能看到无边无际的谷地，但是不会注意到地势的起伏，以及穿过大草原的牛群发出的咕噜声。对他们来说，历史是成长于校园里的。他们看着低矮的地平线，但是看不到德巴卡（de Vaca）通过野牛的腹部下看到的地平线。

在乡村中就像在人群里，平凡的外表常常掩藏了隐蔽的财富，感知这些需要与他们更多地生活在一起。没有什么比刺柏山麓丘陵更乏味的了，直到一些正值成熟的蓝莓像一群蓝色的喋喋不休的松鸦一样涌现出来。三月的玉米地充斥着乏味的潮湿，而得到了空中的一只大雁的致敬，便不再乏味。

利利河

这条美丽的河流一定不是由普通的商人或者勘探员命名的，而且命名的缘由也不是诸如这里有百合花生长之类粗俗又平淡无奇的原因——因为这里没有百合花。

"利利"一定是由某个诗人旅行者命名的，出于某种微妙而又有说服力的理由——例如灵光乍现，即使是狼在它极盛时期，都没有受过这样的待遇呢。

我们的诗人一定是看出了这条河多变的情绪，如给它起一个有男子汉气概的名字，大概取名者要被永远嘲笑了吧。你可能在一个水波荡漾的卵石滩遇到它，在长满苔藓的小岛上，生长着鸢尾花和万寿菊。垂柳依依，枝条从宽阔的河岸上浸入水中。在三箭之地的空间中，你已经走过了一条凉爽的通道，在那里的桤木和蕨类植物的根系之间，水流湍急，幽暗且深。到处都是云杉，庄严地审视着你那并不庄严的垂钓企图。不久你会遇到一个鳟鱼形状的水塘，蜿蜒在一棵倒下的香脂树下。你能在水塘上方好好地放渔线，香脂树一点也不会阻挡你放线！当然你也可以在下游钓鱼，但那样你可能会感到失去了一些在香脂树那里独有的欢乐。

水塘边还有一个卵石滩，在那儿你可以又高又远又帅地投掷。而从那儿，利利——除了在某些罕见又不可预测的夜晚——会扣留下河里的鳟鱼。

当抵达利利的松树下时，人们想知道它的脾气。这些松树一定经历过黑暗的精彩时刻，在大池塘下游的空地上——有一些树桩，这些树桩的直径甚至超过了旅行者两支步枪的长度。这些树的树冠该有多么大啊，能够遮盖一大片天空，倒映在利利河中。现在松树已经没有了，食米鸟在发黑的树桩上方盘旋，赞美占据了它们空间的早熟禾。那些鸟儿很古怪，而河流应该知道人们不会拔掉那些牧草——早熟禾是白人带进这片土地的最值得称赞的东西，这东西几乎是对他们掠夺的一种补偿。

利利为它自己选了一些很好的鸟儿。在凉爽的黎明，上百只白喉莺组成的小合唱队发出悲鸣，哀叹那些到目前为止尚未发现的能够使加拿大伤心的悲剧。一只偶然出现的冬鹪鹩吹着快活的哨子飞进了鸟群，引导着人们去思考，也许加拿大最终会慢慢消除这些难言之隐。在白天的垂钓中，焦虑的松鸡妈妈冲着隐藏起来的一窝小鸡咯咯叫着，红翼鸫赞美着利利河沿岸小块湿地上葱翠的绿色。直到最后一缕晚霞照上山杨的枝头，鸫才开始歌唱，这也是垂钓者去睡觉的时间。响亮的调子开始很清晰，之后随着渐渐隐去的落日变得微弱，直到最后，鸫歌声中的婉转与利利河的蜿蜒融为一体。在钓鱼者的梦境中，长长的渔线准确无误地落入了布满鳟鱼的池塘中。

鹿　迹

．

在 8 月份一个炎热的下午，我百无聊赖地坐在榆树下，当时我看到一头鹿在我东侧四分之一英里处穿过了一小片开阔地。一头鹿的足迹穿过了我们的农场，在这一位置，任何鹿的经过都可以从这个小窝棚里清晰地看到。

之后我意识到，半个小时前，我已经把椅子移动到观察鹿的足迹的最佳位置了。我已经习惯性地做这件事很多年了，却没有清楚地意识到这一点。这使得我有了想法，砍掉一些灌木丛就可以拓宽可视地带。天黑之前，鹿迹已经被清除掉了，在入口处我发现了几头鹿活动过的痕迹，它们很可能用另外不为我们所见的方式通过了这里。

　　　　　　　　　　　　　　　　　　环河

我把新的鹿迹指给了一些周末客人看，目的是观察他们得知此事之后的反应。事情很快就清楚了，他们中的大多数很快地忘记了这件事，另一些则像我一样，无论何时，只要有机会就去观察。于是我就意识到，户外人士可分为四类：猎鹿者、猎鸭者、猎鸟者，以及非猎手。这些分类无关性别或年龄或装备，他们代表了四种不同的人类视觉习惯。猎鹿者习惯性地观察下一个转弯，猎鸭者习惯于观察天际线，猎鸟者习惯于观察猎犬，非猎手什么也不看。

　　当猎鹿者坐下时，他坐在能看到前方的地方，后背靠着某物。猎鸭者坐在他能看到上面的地方，并多在物体的后面。非猎手则坐在他认为舒适的地方。他们都不观察猎犬。猎鸟者只观察猎犬，无论此刻是否能够看到，他们总是知道猎犬在何处。猎犬的鼻子就是猎鸟者的眼睛。许多猎手在捕猎的季节里带着鸟枪，却从未学习观察猎犬，或者解读它们对气味的反应。

　　有些很出色的户外人士并不符合这些分类。有的鸟类学家用耳朵打猎，只用眼睛去追寻他的耳朵所听到的东西。有的植物学家用眼睛获取猎物，但是观察的范围则狭小得多。他在寻找植物方面的技能令人惊叹，但是几乎注意不到鸟类或者哺乳动物。还有林务员，他只能看到树木和以树木为食的昆虫与真菌，对其他所有事物都是健忘的。最后还有一些运动员，他们只能看到比赛，认为所有其他事物乐趣很少或毫无价值。

有一种捕猎的错觉模式，我无法将其与这类信息中的任何一个联系起来：寻找敲打声、脚印、羽毛、兽穴、生根、蹭痕、打扫、挖掘、觅食、斗争或者捕食，所有这些都被伐木工人视为"解读痕迹"。这项技能很罕见，而且常常与书本知识相反。

解读动物痕迹的对应技能也存在于植物领域。但是这项技能在现实中同样罕见，在分布上也有错觉。为了证明这些，我引用了一个非洲探险者的例子。他在一棵树上20英尺高处检查到了一头狮子的刮痕。他说在这棵树还小时，就已经有了这个刮痕。

生物学上的万事通被称为生态学家，他们尝试做所有的事情。毫无疑问他们没有成功。他们能做到最好的，就是交替使用打猎模式。我发现，当搜寻植物时，我可以将无关紧要的精力分给动物，反之亦然。生态学家可以选择用望远镜、枪、斧子、泥刀或者铲子来开路，并且调整眼睛与心态以适应手中的工具。

　　所有猎手的共同特性是他们的意识中总有猎物可以猎取。这个世界充满了生物、过程和事件，它们试图躲避你，却总会有一头鹿也总会有一片鹿迹留下，让人看到。每一片土地都是一片猎场，无论它位于你和路边的石头之间，还是在环绕俄勒冈州的无边的树林中。对猎手的终极考验在于，他是否极度渴望去一片空地打猎。

雁　曲

　　几年前，高尔夫被普遍当作这一地区的社交运动，是无所事事的富人们的有趣消遣，但是比起企业家们少得多的严肃兴趣，它几乎不值得好奇。

　　现在，许多城市正在建立市政高尔夫球场，使普通市民也能享受这项运动。

　　发生了什么事呢？高尔夫并没有变化，当然高尔夫球手也没有变化。变化在于公众的观点。高尔夫不再被认为是一项贵族运动，而是一种放松身体与心理（对于高尔夫球手来说，还有精神）的宝贵方式。高尔夫已经成为我们社会经济的有价值的组成部分。当然，它对社会一直是有价值的，但是直到二十世纪人们才首次意识到这一事实。

相同的观点变化也发生在许多其他的户外运动上——五十年前那些轻浮的消遣已经成为当今社会的必需品。但是令人大为奇怪的是，这些变化才刚刚开始影响我们对于最古老最普遍的两种运动——打猎和捕鱼的态度。

当然，我们已经朦胧地意识到，在野外待一天对于疲惫的商务人士来讲是很好的。我们也已意识到，对野生生物的破坏，减少了野外生活的吸引力。但是，我们尚未学会从社会福利角度表达野生生物的价值。一些人已经开始试图根据不同标准评价野生生物保护，有些人根据肉食，有些人根据个人娱乐，有些人根据金钱，还有些人根据科学、教育、农业、艺术、公共健康甚至军事准备。但到目前为止还没有人清晰地意识到并表达出完整的真理，即，所有这些东西都仅仅是宽泛的社会价值的因素，而野生生物，则像高尔夫那样，是一种社会财富。

但是对于那些心灵被呼啸的风声和嘎嘎叫的绿头鸭所感动的人，野生生物甚至意味着更多东西。高尔夫是后天培养的品位，但是从风景中寻找快乐的本能和追求狩猎的本能已经植入这个民族的本质中了。高尔夫是一种令人愉快的技能，但是对捕猎的热爱几乎是一种生理特征。一个不关心高尔夫的人，仍旧是个正常人，但是不喜欢看风景、打猎、拍照，以及用计谋捕鸟或者其他动物，这样的人几乎是不正常的。这种人是超级文明的人。就我而言，都不知道要如何对待他。当有人向小孩展示高尔夫球时，他们不会激动颤抖，但是如果一个男孩儿看到他的第一头鹿时，没有激动得头发都竖起来，我是不喜欢有这样一个儿子的。因此，我们要处理那些埋于深处的东西。有些人即使没有行使和控制捕猎本能的机会仍然能够生存，就像我认为，有些人离开工作、玩耍、爱、生意或者其他重要的冒险也能生存。但是在这些日子里，我们将这样的缺失视为不善交际。所有行使正常本能的机会已经越来越多地被视为一种不可剥夺的权利。那些破坏了我们野生生物的人，就是在剥夺这些权利，并且剥夺得相当彻底。更过分的是，他们还在持续不断地这样做。即便最后的角落也盖上房子，我们仍然能够拆掉它们建一个户外场地，但是当最后一头羚羊在这片土地上消失，文明社会中所有的户外团体做任何事都不可能挽回这个损失。

野生生物保护的反常之一就是我们的社会财富正被一些本能所破坏，而我们却在寻求保护行使这些本能的权利。我常常想知道，为什么很多美国人在家时正派得体，在野外却如此野蛮。我想他们一定是夸大了对旧时的"复古"。那时候，非法狩猎是自尊的自由民的标准技能之一。如果国王仍然拥有所有的猎物，我认为我应当是一位非常出色的非法狩猎者。我常常感觉到血统的鼓舞。我承认我宁愿在射击俱乐部的篱笆外和民众一起射击，杀死许多绿头鸭，也不愿意杀死一只从禁猎区诱捕回来的猎物。但是国王不再拥有猎物。猎物属于我的朋友们和邻居们。因此，非法捕猎活动出现了新的局面。非法捕猎者不再是英雄，而是盗贼。他迟早会意识到这一点。有远见的市民有责任加快这一天的到来，同时，规范捕猎行为也是法律的责任。

如果野生的鸟类和动物是一种社会财富，那么这些财富价值几何？简单说，我们这些患有遗传性捕猎发热病的人，离开它们就无法过上满足的生活。但是这并未建立任何比较的价值。在这些日子里，有时需要在必要性之间做出选择。简单地说，一只野生的雁价值多少呢？当与其他健康和快乐的源泉相比，以美元作公分母它又价值几何？

我有一张交响乐的票。这花了我一笔钱。这笔钱花得值，但如果非让我选择，我会放弃交响乐，而去观察大雄雁。今天早上日出时，它游动着发出鸣叫，进入诱捕的圈套。天气异常寒冷，而我笨手笨脚的，错过了它。但是，无论错过还是没错过，我都看见了它，听到了当它从灰色的西方①鸣叫着飞来时，风呼啸着吹过它张开的翅膀，我感受到了它，以至于即使现在回忆起来我都感到兴奋。我并不怀疑，就是这只大雄雁，已经给了其他十个人价值两美元的兴奋感。因此我说，它对人类至少值二十美元。

我的日记告诉我，我已经在这个秋天看到了上千只雁。这些雁中的每一只，它们史诗般的从北极圈到海湾的旅程，很可能一次又一次地给予人类等同于二十美元的价值。一群雁，小男生们看到它们会感到兴奋，在疾行回家的路上感觉自己经历了极度的冒险。另外一些雁，飞过头顶上的暗夜，用雁曲为整个城市奏响小夜曲，叫醒那些懂得什么是质疑、记忆和希望的人。还有一些雁，可能会使正在耕作的农夫暂停工作，并带来关于远方、旅行和人的新思想，农夫的脑子里以前想的只有劳作，完全是思想的荒原。我确定几千只雁向人类付出了每只价值二十美元的红利。但是这两万美元只是交换价值，就像一幅画的售价或者一首诗的版权。那么重置价值呢？假设不再有任何画作，或者诗作或者雁曲呢？细

---

① 因为天刚破晓，太阳从东方升起，西方还是灰暗的色彩。——译者注。

思下去这是一个黑暗的想法，但是必须回答。在必要情况下，某人可能写出另一部《伊利亚特》，或者画出另一幅《晚祷》（Angelus），但是雁会怎么做呢？"上帝会回答它们。上帝的手已完成了这些，以色列的圣者创造了它。"

将雁的音乐与艺术放在统一尺度上衡量，是不敬的吗？我认为不是，因为真正的猎手仅仅是一个没有创造力的艺术家。是谁在法国洞穴中的骨骼上画了第一幅画？是一位猎手。是谁独自在我们的现代生活中陶醉于生动的美景，忍受饥渴寒冷为让他的眼睛饱览美景？是猎手。是谁写下了伟大的猎手诗篇，描绘了纯粹的奇迹，风、冰雹、雪、星星、闪电、云彩、狮子、鹿、野山羊、渡鸦、隼、鹰，尤其是关于马的所有颂词？是约伯，从古至今最伟大的传奇艺术家之一。诗人吟唱而猎手丈量山脉，主要为了一个相同的原因——对美的陶醉。评论家们写作，而猎手智取猎物，都为了一个相同的原因——将这种美收为己有。它们之间的差异主要在于程度、感知，以及对人类活动和语言的狡猾应用。那么，如果我们能够离开雁曲而生存，我们也就能够离开星星或者黄昏，或者《伊利亚特》来生存。但问题是，离开它们中的任何一个，我们都会成为蠢货。

从道德和宗教的角度看，野生生物有什么价值呢？我听说一个男孩曾被当成无神论者抚养长大。他看到上百个物种的鸣禽，每一个都装扮得像条彩虹，每年都要经历几千公里的迁徙，而科学家能够聪明地将这些记录下来但是理解不了，此时他改变了信念。"偶然的元素聚焦"已盲目地运行了几百万年，它无法解释为什么鸣禽如此美丽。机械论，甚至突变，都无法解释天蓝色鸣禽的颜色，或者鸻的薄暮，或者天鹅临死前的哀鸣，或者——雁曲。我敢说那个男孩的信念比起那些诱导而来的神学家更加坚定难以动摇。还有许多像以赛亚那样的男孩儿出生，"可以一起看、了解、考虑并理解，上帝的手已经做了这一切。"但是他们在哪儿看，从哪儿了解，在哪儿考虑？在博物馆里吗？

比起其他的户外运动，捕猎和钓鱼对性格有什么影响？我已经指出，欲望埋藏得更深，它源自本能，还有竞争。鲁滨逊·克鲁索（Robinson Crusoe）的子孙从未见过网球拍，可能没有它也能生活得很好，但是无论是否有人教过他，他都肯定会捕猎或者钓鱼。但是，涉及主观收益，这并没有产生任何优越性。是什么帮助一个人从多数人当中脱颖而出？这个问题（就像过去在学校里常有的争论，最聪明勤奋的学生是男孩还

环河

是女孩）可能要争论到世界末日。我不该尝试。但是关于捕猎有两个问题需要特别强调。一个是，运动精神的伦理学并不是一成不变的，但是个人必须经常陈述和练习。此时没有裁判，但有万能的神。另一个是，捕猎大体上涉及操控猎犬和马，缺乏这种经验是我们这个由汽油驱动的文明中最严重的缺陷之一。旧观点中有许多真理，例如，任何对猎犬和马无知的人都不是一个绅士。在西部，马的滥用仍然是一个普遍的需要解决的问题。这种经验法则应用于牛乡，很久之后才出现了"性格分析"，而且众所周知，"性格分析"可能更能经受时间的考验。

然而要证明一件事优于另一件事谈何容易。大约六百万或八百万美国人喜欢捕猎和钓鱼，捕猎的热情是这一民族特有的。这一民族从所有的户外活动中获益，也会在这种情况下由于资源的破坏而受到伤害。因此，减轻这种破坏是一个社会议题。

然而，目前的困难并不是在理论上证明这一原则，而是要让人们看到并尊重它。我已经看到许多女性俱乐部通过了保护鸟类的决议，但是"白鹭"并没有出现。我还看到许多遵纪守法的公民参加非法的鹌鹑尝鲜宴会，并大声宣告他们的运动精神和爱国精神。许多"上流社会人士"在我们的避暑胜地不知羞耻地购买鳟鱼、松鸡或者鹿肉，并因此体会到邪恶带来的愉悦，因为除了法律，他们没有看到任何东西被破坏。我认识一些中西部小镇上的绅士，公开轻视春季射击管理规则，他们的朋友们以热情的谢意接受了从下一代那里偷来的鸭子。夜莺的舌头无疑仅仅是尼禄的口中餐，但是大约是时候期待开明的美国人比尼禄懂得更多，做得更好了。

结论：我天生就热衷于狩猎，我还有三个儿子，他们从小就开始花费时间玩我的诱捕圈套，并带着木枪搜索空地。我希望留给他们的是健康的身体、良好的教育，甚至可能还有一些技能。但是，如果山里不再有鹿，灌木丛中也不再有鹌鹑，他们准备用这些东西做些什么呢？草原上不再有沙锥鸟的啸声，当夜幕降临沼泽时，不再有绿眉鸭的笛声和水鸭的喋喋不休；当启明星在东方变得暗淡时，不再有鸟儿振翅的呼啸声！当黎明的风旋转着穿过古老的三角叶杨，一束灰色的光穿过古老的河流从山上洒下来，河流缓缓地流经它宽阔的棕色沙洲——如果不再有雁曲，那将会是如何呢？

保　护

保护是一种鸟，飞得比我们瞄准它还快。[1]

我能够记得那一天，当时我确信，整顿狩猎委员会会赋予我们一种保护。我们这一队人的工作就像特洛伊人清理国会大厦房间那样。当我们完成了整顿，才发现这仅仅是个开始。我们了解到，你不能指望狩猎自我保护。要重建狩猎资源，首先要重建狩猎范围，而这意味着重建使用它的人群，以及他们利用狩猎想获得的所有的一切。现在，我们期待与十几位志愿者一起进行的工作，却迷惑了上百位专业人士。我们原以为要

[1] 这是一种比喻，意思是：当我们想起来去保护时，往往已经来不及了。——译者注。

花费 5 年完成的工作，仅仅开始了 50 天。

之后，我们的目标逐渐远离。任务年复一年变得越来越难，但它的重要性也随之增长。我们开始寻找一些树和鸟儿；为了得到它们，我们必须建立人与土地的新型关系。

保护，是人与土地的一种和谐状态。对于土地，它意味着土壤里、土壤上和土壤外生长的所有一切东西。与土地的和谐，就像与朋友的和谐，你无法珍视他的右手却砍断他的左手。这也就是说，你不能热爱狩猎而又厌恶捕食者，你不能保护水源而又浪费水，你不能种植森林而又开垦牧场。土地是一个有机体。它的各个部分，就像我们自身的各个部位，相互竞争又互相合作。内部活动的竞争与合作一样多。你可以调节它们——小心地——但是不要废除它们。

二十世纪杰出的发现并非电视机，或者收音机，而是土地有机体的复杂性。只有那些对土地的知识懂得多的人，才知道我们对它的了解有多么浅薄。最无知的话语，是一个人这样评价动物或者植物"它有什么好?"如果土地机制作为一个整体是好的，那么它的每一个部分都是好的，无论我们是否理解。如果生物群经过数年建立起我们喜欢但并不理解的东西，那么某些愚蠢的人，会丢弃那些看似无用的部分吗？保存好每一个螺丝钉和轮子，是明智的修理匠首要的预防措施。

我们已经了解了保护的首要原则：保护土地机制的所有部分吗？不，因为即使是科学家也尚且不能识别它们之中的所有成分。

德国有一座山，名为施佩萨特（Spessart）。它的南坡生长着世界上最大的橡树。当美国的细木工匠想要质量最好的木材时，他们会使用施佩萨特橡木。北坡应该会更好一些，但是生长着无关紧要的苏格兰松。为什么呢？两面山坡都同属国有森林的一部分；两个世纪以来，两者都同样受到了细心的管理。为什么会不一样呢？

清除掉橡树下的杂物，你会发现叶子几乎是边掉落边腐烂。在松树下，尽管松针堆积得像厚厚的布丁，腐烂的速度却慢得多。这是为什么呢？因为在中世纪，南坡被一个喜欢打猎的主教作为鹿苑保护起来，而北坡则被定居者用于放牧、犁耕和砍伐，就像我们现在对威斯康星和艾奥瓦的植被所做的那样。过了这段乱砍滥伐的时期之后，北坡才重新种植了松树。在这段乱砍滥伐的时期，土壤中的微观植物群落和动物群落都发生了改变。物种的数量极大地削减了，即土壤的降解机制丢失了它的某些组成部分。两个世纪的保护，也没能修复这些损失。需要用现代显微镜技术和一个世纪的土壤科学研究才能发现这些"小螺丝和轮子"①的存在，它们决定了施佩萨特地区人和土地的和谐与否。

美国的保护，恐怕仍然聚焦于那些吸引眼球的例子上。我们尚未学会根据小螺丝和轮子考虑问题。看看我们自己的后院：艾奥瓦和南威斯康星的大草原。什么是大草原最有价值的部分？肥沃的黑土、黑钙土。是谁创造了黑钙土？黑色大草原是通过如下因素建立起来的：草原植物，上百种不同物种的草、香草、灌木，还有草原真菌、昆虫和细菌，以及草原哺乳动物和鸟类。所有这一切在合作与竞争的活跃群落中相互连接，构成一整个生物群。这一生物群，经过上万年的存活与消亡，燃烧与生长，捕食与逃逸，冷冻与熔化，建立了我们称之为大草原的这片神秘而又有血性的土地。

我们的父辈，不知道也不能够知道草原帝国的起源。他

---

① 其实是指"土壤生态系统比较重要的组成部分"。——译者注。

们杀光了草原上的动物，并使铁路路基和路边成为植被最后的避难所。对工程师来说，植被仅仅是种子和灌木丛，他们用平地机和割草机来处理。尽管植物演替可被任何植物学家预测，草原花园仍旧成了偃麦草的避难所。当花园消失之后，路政部门雇用了一些庭院设计师，在偃麦草中点缀了榆树，以及具有设计感的苏格兰松灌木丛、日本小檗和绣线菊。保护委员会，在去某个重要的保护地的途中，被这路边的美丽所吸引，并热情地表达了赞美之意。

某一天，我们可能需要这草原植被，不是用于观赏，而是重建草原牧场荒芜的土壤。许多物种可能会随后消失。我们并无恶意，但我们尚未认清小螺丝和轮子。

在我们企图拯救较大的螺丝和轮子时，我们仍旧相当天真。在一个物种即将灭亡之前，内心的一点点悔悟，就足以使我们觉得这是有道德的。而当这个物种灭亡了，我们痛哭一场，然后重复这一切。

最近从大多数西部的畜牧业养殖州灭绝的北美洲灰熊就是一个这样的例子。是的，在黄石，我们仍然有北美洲灰熊。但是这一物种已经被输入性寄生虫所困扰，猎人们举着猎枪等候在每一个保护区的边界上，新来的伙计们经营着牧场，新修的道路持续地蚕食着所剩无几的保护区，有保护区的州逐年减少，州里的保护区越来越小，保护区里的北美洲灰熊越来越少。我们用令人感到舒适的谬误来安慰自己，一件博物馆里的标本就可以令我们满足，却无视历史清晰的宣言：如果要从根本上保护一个物种，那就必须让它在多个地区保留下来。

象牙喙啄木鸟、加州兀鹫和沙漠绵羊是下一批拯救对象。除非我们摒弃保留一个标本就够了的想法，坚持在尽量多的地方与我们的植物群和动物群共同生活，否则拯救行动就是无效的。

我们需要知识——公众觉悟——小螺丝和轮子，但是有时，我认为更需要其他东西。比如在《森林和溪流》杂志的社论标题中提到的"对自然物的高雅的品位"。我们在发展"对自然物的高雅的品位"方面有所进展吗？

在密歇根州的北部地区还保留着一些狼。每个州都设置了猎狼的赏金①。而且，在狼的控制方面还借助了美国渔业与野生动物管理局的专业服务。然而该机构和一些

---

① 促进狼的捕猎——译者注。

保护委员会都在抱怨保护地数量的增长，相对于可获得的食物，保护地里的鹿太多了。林务员则抱怨过量的野兔造成了周期性的损害。那么，为什么还要继续执行灭绝狼的政策呢？我们从经济学和生物学的角度对这一问题进行辩论。哺乳动物学家断言，狼是作用于过量的鹿的天然开关。而活动家们则回应说，他们会照看好那些超量的鹿。再争论十年，就没有狼让我们争论了。一个保护方案取代了另一个保护方案，直到资源消失。为什么？因为基本的问题一点也没有讨论。这基本问题的关键在于"对自然物的高雅的品位"。一个没有狼的北部丛林还是北部丛林吗？

鹰和猫头鹰的问题对我来说似乎是相同的问题。当你在秋天集结了上百只鹰，而有二十只被射击了，那么在下一年鹰群返回时，数量是无法再达到上百只的。地球上没有哪种年产四枚或四枚以下卵的鸟类能够承受这样的杀戮。我们的猛禽数量如坐雪橇般急剧下降。

科学界花费了一代人的时间，试图将鹰和猫头鹰分为"好的"物种和"坏的"物种。"好的"物种比那些有害的有更高的经济价值。对我来说，以经济学为基础讨论这个议题似乎是个错误，即使这听起来合乎逻辑。基本议题已超越了经济学的范畴。基本的问题在于，一个没有鹰，没有猫头鹰的乡村是否是美国人看得见、听得到的宜居乡村。鹰和猫头鹰是土地机制的一部分。我们应该因为它们与狩猎以及家禽存在竞争而抛弃它们吗？我们能够假设这些我们察觉到的竞争比我们未察觉的合作更为重要吗？

　　捕鱼者也有相似的问题。我为一个俱乐部工作了一个夏天，他们拥有（并精心地管理着）一条令人愉快的鳟鱼河，位于一大片原始森林中。这片原始森林共有 30,000 英亩，梦想就在此处产生。但是，更加仔细地观察，你看不到这种环境下"对自然物的高雅的品位"的苛刻要求。只有很久以前，曾经有一只翠鸟，赞美过这湍急的流水。只有在河岸各处分布的水獭诉说着这些小动物夜间嬉闹的故事。夕阳下，你可能看到苍鹭，也可能看不到，白嘴鸟已被射杀殆尽。这个俱乐部正处于真正教育过程的阵痛中。一些人只简单地想要更多的鳟鱼；另一些人想要鳟鱼和其他辅助生物，并雇用了一位鱼类生态学家去寻找途径和方法。从表面上看，这又是一个"好的"捕食者和"坏的"捕食者的议题，但是从根本上，这个议题的层次更深。有幸拥有这样一片土地的俱乐部，在道德上应该有义务保护它所有的部分，即使这意味着渔篮中的鳟鱼会减少。

在密歇根州，我们为我们的森林苗圃感到骄傲，也为我们重新种植曾经的北方丛林而骄傲。但是看看这些苗圃，你会发现没有雪松，没有美洲落叶松。为什么没有雪松？它生长得太慢了，鹿要吃它，桤木与它争夺生存空间。没有雪松的北方丛林的未来，并不会让林务员感到沮丧。实际上，雪松，已经因为经济低效而被清除了。基于同样的原因，山毛榉也从西南部未来的森林中被清除了。这些本土植物被我们从未来的植物群落中清除了，考虑到植物病害的入侵，我们必须添加一些非本土的物种：栗子、柿子、美国五针松等。将任何一种植物视为独立的个体，基于它自身的经济价值而人为地对其生长进行干预，这听起来是合理的吗？作为一个生物有机体，它对动物生活，土壤和森林健康有什么作用呢？难道就没有一个经济学及美学的标准吗？从根本上说，美学和经济学之间是否有真正的区别呢？我并不知道这些问题的答案，但是我能够从这些问题中看到保护工作目标的又一次偏离。

我有一只猎鸟犬名叫格斯。当它找不到野鸡时，它会对田鸡和草地鹨产生狂热情绪。这种被激发出来的对替代品的热情掩饰了它寻找真正的猎物时的失败。这减轻了它内心的失意。

我们这些保护主义者也像这样。约三十年前，我们就开始着手说服土地所有人控制烧荒，种植森林，管理野生动物，但没有得到很好的响应。我们实际上没有林业，只有极其有限的区域管理，狩猎管理，野花管理，污染控制或侵蚀控制，这些都是由私人土地所有人自发实践的。在许多案例中，私人土地的滥用，比我们（的保护工作）开始前更加严重。如果你不相信，请看看加拿大大草原上燃烧的草堆，看看流失于里奥格兰德（Rio Grande）河的肥沃泥土，看看蜿蜒在帕卢斯（Palouse）、欧扎克高原上的溪流，以及南艾奥瓦和西威斯康星山坡上的河闸。

为了缓解我们内心因为这些失败带来的失意，我们已经找到了我们的草地鹨①。我不知道哪只猎犬会第一个捕捉到气味，但是我的确知道田野上的每一只猎犬都被激发出了狂热的得分欲望。我独自工作。草地鹨就是一个想法，如果私人土地所有者不实行保护（措施），就让我们为他建

---

① 比喻，此处其实是指安慰自己的替代物。——译者注。

立一个负责此事的办事处。

就像草地鹨那样，这个替代物有它的优点。它看起来是成功的。对于办事处能够购买的贫瘠的土地，它是令人满意的。而麻烦在于，它无法阻止肥沃的私有土地变成贫瘠的公共土地。对真正的沮丧来说，安慰是危险的；它帮助我们忘记了尚未得到野鸡的事实。

恐怕草地鹨并不会提醒我们。它正因为自己突如其来的重要性而自命不凡。

为什么那些必须向土地讨生活的人执行的保护措施如此之少？说到底，分析到最后，还是经济障碍。以林业作为例子：伐木工人说，当立木的价值升得足够高，并且木材的替代品不再低于市价抛售时，他就会去种植树木。他说这话时是几十年前了。在那段时期，立木的价格已经下降了，而不是上升，替代品的价格上升而不是下降了。森林破坏像以前那样持续着。我承认这种困境的现实性。我怀疑，未加指导的经济演化中固有的势力，并不都是行善举的。就像我们自己身体内部的力量，它们也可能变为恶性的，致病的。我相信，在现代国家内部的许多经济势力，对我们与土地保持和谐关系是有害的。

我们该做些什么呢？目前，有一种采取立法性强制措施的老观点正在复活。我担心它是另一只草地鹨。我认为，我们应当寻求某种有机的补救措施——一种从经济结构内部起作用的机制。

我们已经学会了用手中的选票和金钱去保护。也许还得利用我们的购买力？如果采伐木材和森林伐木都贴上了这样的标签，我们会愿意购买保护产品吗？如果给来自烧荒草堆的脱粒小麦打上这样的标签，我们还有勇气去要求采取土地保护措施，并为它付钱吗？如果造成污染的纸张能与洁净纸张区分开来，我们会为它多付一分钱吗？过度放牧的牛肉对比牧场管理的牛肉？来自黑钙土，而不是底土的玉米？来自放牧量在20%以下的牧场的黄油？来自无沟渠湿地的芹菜？用5英寸网捕捞的炙烤白鲑鱼？无农药果园的橙子？去欧洲旅行乘坐的不随便倾倒舱底水的轮船？来自有盖油井的汽油？

麻烦在于，我们已经伴随着土地开发技术建立起了一种在错误广告方面异常惊人的技能。我不想被广告商告知什么是节能环保商品。唯一可能的选择是，顾客的辨别力无法想象地完美，否则就得成立一批新的政府部门，颁发证书证明

"该产品洁净"。前者我们不能期待，后者我们不想得到。因此，保护，在一个民主国家成长得更壮大，也走得更远。

并非所有指示风向的麦秆都是悲剧的原因。有几件事能够使我振奋。在过去的十年里，保护已经成为几百个年轻"技工"的专业和职业生涯。他们中的许多人，得到的是不完善的训练，他们中的大多数人受到了官僚主义上级不明智地限制，但是他们几乎所有人都极端热忱。我看着这些年轻人，相信他们会如饥似渴地学习新的螺丝和轮子①，迫切地想要培养对于自然更好的品位。他们是保护工作的第一代领袖，他们曾经只会说"我不知道"。毕竟，一个人不会因为一个几百年轻人都信奉并为之生存的信念而感到过于气馁。

另一个充满希望的迹象：保护研究，在这十年中，已经在三块大陆上播撒了它的种子。牛津和俄勒冈州几乎每一所大学都在保护的某个领域建立了新的研究或者教学。语言的障碍并未阻碍观点的融合。

曾经贫穷如教堂的老鼠，而现在美国的保护研究在许多方面得到了若干类型的"联邦资助"。

---

① 比喻，意指关于保护的知识，各个重要的部分，不重要的部分。——译者注。

这些大脑活动的新焦点不仅发展出我希望重要的新知识，也建立了我所知道的非常重要的新的土地哲学。保护倡导者的第一个成果遵循着疯狂的模式，他们的教学产生了更多的热和更少的光。一个全新的思想者团队正在产生。这个团队由最早在科学界成名的一批人组成，他们目前正在试图阐释陆地机制，以使任何科学家都能够赞成，并且任何外行人都能够理解，还包括像罗伯特·库什曼·墨菲（Robert Cushman Murphy）、查尔斯·埃尔顿（Charles Elton）以及弗雷泽·达林（Fraser Darling）这样的人。科学家过去一直寻找的以土地为生的更简单方法，是否有可能就是现在要寻找的与之和谐相处的更好途径？

我们永远不会实现与土地的和谐，正如我们不可能实现人民的正义或自由一样。在这些更加高级的渴望中，重要的不是获取，而是努力奋斗。只有在机械企业中，我们才能够预计早期或者全部的努力成果，我们称之为"成功"。

那么，问题就在于，如何让那些已经忘了土地这回事的人，和那些与无土地者受到相同培养和教育的人，为了与土地的和谐而努力奋斗呢？这是"保护教育"的问题。

当谈到"努力奋斗"时，我们从一开始就承认，我们所需的东西需要从内部生发。没有人会为完全来自外部的观点而奋斗。

当谈到"努力奋斗"时，我认为我们暗示了一种思想的努力，也是一种情感的扰动。我们能够调整自己适应土地机制的复杂性，而对它的运行方式毫无好奇心，也没有对这些原理经常性的自学，这种情况对我来说是难以置信的。对于理解的激励应该先行于对于变革的激励。

当谈到"努力奋斗"时，我们同样地摒弃，至少是部分地摒弃了两个保护宣传者常用的工具：敬畏和义愤。穷尽一生去观察和反思，才能了解到许多我们与土地之间的失调，只有这样的人才有资格敬畏。如果他不义愤，那就是不诚实。但是对于传授新的思想，这些都是已经过时的工具了。它们已被抛入历史。

当我试着评估谋利动机时，我自己的探索就走到了末路。对于整整一代人，美国保护运动已经在（试图）以功绩动机取代谋利动机，然而尚未成功。我们都能看到保护实践的利益，但是这种利益是加诸社会而非个人的。当然，这解释了目前的趋势，即，将整个工作寄希望于政府。

当一个人考虑到谋利动机在毁坏土地中的惊人效果，他就不愿意拒绝将其作为修复土地的工具了。我倾向于相信，我们高估了谋利动机的作用范围。建设一个美丽的家园，对个体来说是有利的吗？能给他的孩子更高等的教育？不，这几乎毫无利益，然而我们都做了。事实上，这些都是隐藏于经济系统内的伦理学和美学假设。一旦接受了这些假设，经济势力就会使社会组织的更小细节规范于与它们的和谐关系中。

在孩子们赖以生存的这些土地条件下，尚未存在这样的伦理学和美学假设。孩子是我们在历史花名册上的签名；而土地仅仅是我们赚钱的地方。到目前为止，还没有为了给年轻人提供资金上大学，而去侵蚀农场、毁坏森林或者污染河流的社会耻辱。无论如何破坏土地，政府都会修复它。

我认为我们在这里找到了问题的根源。保护教育所要建立的是土地经济学的伦理基础，以及试图理解土地机制的普遍的好奇心。保护还需继承。

环　河——一则寓言

　　早期威斯康星的奇闻之一就是"环河"，这条河最终流入它自身。因此，它就永不止息地一圈又一圈地循环。保罗·班扬[①]发现了它，班扬传奇描述了他如何利用这不知疲倦的水流运送许许多多的原木。

　　从没有人觉得保罗在以寓言的方式讲故事，然而在这个故事中他确实道出了一则寓言。威斯康星不仅仅拥有一条循环的河流，它本身就是一个循环。水流是能量的流动，从土壤流出进入植物，并从此进入动物，再回到土壤，循环于一

──────────

① 保罗·班扬，美国传说中的英雄，以力大无穷，伐木快而多著称。

个没有尽头的生命之环。"尘归尘"是环河这一概念的脱水版本。

我们是人属生物，骑在原木上漂流在环河上，通过我们所学会的一些明智的"修补"方法来引导原木的方向和速度。这项技艺赋予了我们特有的智人的称呼。这种修补的技术，被称为经济学，对于旧路线的记忆被称为历史，对于新路线的选择被称为治国之才，迎面而来的浅滩和激流被称为政治。一些船员不仅希望修补他们自己的独木舟，也希望修补整个船队。这种与自然的集体讨价还价，被称为国土规划。

在我们的教育系统中，生命的连续统一体很少被描绘为一条河流。从我们最弱小的年岁开始，我们就被灌输着关于土壤、植物和动物的知识——它们构成了环河的河道（生物学），它们的时间起源（地质学和演化）和探索它们的技能（农业与工程学）。但是关于水流的概念，久旱与洪水，回水与阻碍，则留待推论。为了了解生命河流的水文学，我们必须以正确的角度来思考演化，研究生物材料的集体行为。这要求逆转专门化的趋势，我们必须越来越多地了解整个生物圈，而不是越来越多地了解越来越少的东西[1]。

---

[1] 这句话的意思是说，应该放眼全局而不是纠缠于细枝末节。——译者注。

生态学是一门在与达尔文理论完全垂直的角度上思考的学科。生态学就像一个刚开始学说话的婴孩，像其他婴孩一样，全神贯注于自身关于浮夸语言的想象。它起作用的日子在未来。生态学到将来才可能真正畅行无阻。生态学注定要成为关于环河的学问，它姗姗来迟，要把我们关于生命物质的集体知识转变成关于生命航行的集体智慧。说到底，就是保护。

生命的河流或长或短，流速或快或慢，水流或缓或急，水量或减或增。没有人会理解这些变化，但是他们很可能要依赖这些土壤、植物以及动物群的构成和排布，这些就是水流的导管或者水道。

岩石风化并最终形成土壤。在土壤中长出了橡树，橡树上结了橡实，松鼠以橡实为食，而印第安人以松鼠为食，并最终死去埋入大墓中——供养了另一棵橡树，如下图所示：

岩石→土壤→橡树→橡实→松鼠→印第安人┐

生态学将这些能量传递过程中的阶段顺序称为食物链，但是它可以被更加精确地图像化为一个管道。它是由演化发展起来的一条固定的路线或者通道。管道上的每一个节点都用来承接上一个节点并转接下一个节点。

　　管道在每一个节点上都会渗漏。并非所有的岩石都会形成土壤。松鼠并不能取食所有的橡实，而印第安人也不能捕食所有的松鼠。一些松鼠死亡、腐烂，直接回归土壤。由于这些中途的溢出，在当地的生物群中，只有部分能量能够流到终点。这些流失的能量可以如下图所示：

岩石→土壤→橡树→橡实→松鼠→印第安人

　　除了溢出造成的能量流失，能量也会分流到分支上去。松鼠掉落了一些橡实的碎屑，这些碎屑养活了一只鹌鹑，鹌鹑被角鸮吃掉了，而角鸮又养活了寄生虫。因此，我们看到这条管道的分支就像一棵树。角鸮不仅吃鹌鹑也吃兔子，这种连接也能如另一种管道所示：

岩石→土壤→漆树→兔子→兔热病

　　因此我们看到，每一种动物和植物都是许多管道的交叉点；整个系统是纵横交错的。

　　食物并不是一个物种传给另一物种的唯一重要的东西。橡树不仅仅结出橡实，它还为印第安人提供燃料，为鹿提供牧草，为浣熊提供树洞，为六月鳃角金龟提供食物，并为蕨类植物和罂粟科植物遮阴。它为瘿蜂提供了住所，为幼鸟提供了巢穴。它的落叶将土壤与霜冻隔绝，它尚未落下的叶子则掩藏乌鸦，使之不被猫头鹰发现，并掩护山鹑不被狐狸觉察。而自始至终，它的根部都在分裂岩石以产生更多的土壤，长出更多的橡树。那么，我们看到，动物和植物的链条不仅仅是"食物链"，而是迷宫一般繁复的从属物的链条，包括服务与竞争，劫掠与合作。这迷宫非常复杂，没有哪一位高效率的工程师能够勾画出哪怕一英亩面积的生命组织。它已随着时间的流逝变得更为复杂。古生物学揭示出这条最初短而简单的原始链条，在每一个循环前进的演化世纪中变得更长更复杂。那么，环河在地理的时间尺度上变得更宽、更深也更长。

生物群落要免于灭绝，它的内在过程必须是平衡的，否则它的成员物种就会消失。这些生存了很长时间的特殊群落的确颇为著名：例如，19世纪40年代的威斯康星本质上拥有与冰河时期末期——即12,000年前——相同的土壤、动物群和植物群。我们知道这些是因为保存在泥炭沼泽中的动物的骨骼和植物的花粉。连续的泥炭层含有不同丰度的花粉，甚至记录了天气状况；因此约公元前 3000 年前的大量豚草花粉表明这里可能遭受过干旱的困扰或是大量野牛的冲击，或是草原上严重的火灾。这些一再发生的危机并没有阻止 350 种鸟儿、90 种哺乳动物、150 种鱼、70 种爬行动物和上千种昆虫和植物的生存。所有这些生物以内部平衡的群落方式生存了许多个世纪，这展示了原始生物群惊人的稳定性。科学无法解释稳定性的机制，但是即使外行人也能明白它的两个作用：（1）生产力，源自岩石，在结构如此复杂的食物链中循环，其积累的速度与流失的速度一样快，甚至更快。（2）与这种土壤生产力的地质积累并行的，是植物群和动物群的多样化，稳定性与多样性是相互依赖的。

到目前为止，我们已经搞清了循环河流在前班扬时代的特征。现在，那个坏小子保罗，还有我们这些他的继承人以及受托人做了什么呢？我们对这条河流做了什么，这条河流又如何反馈我们呢？我们是用技术，还是能量，来修补国家这条独木舟呢？

我们已经彻底地改变了生命的河流，我们不得不这么做。现在的食物链起始于玉米和苜蓿，而不是橡树和须芒草。它流经奶牛、猪和家禽,而不是马鹿、鹿和松鸡。从此处流入农场主、时髦女郎①和大学生,而不是印第安人。这种流动的内容庞杂,你可以通过查询电话簿或政府机构的花名册来确定。在这条生命河流中的流动,很可能比前班扬时代的更加宏大,但是科学从未测量过,这也真是奇怪。

驯化的动物和植物作为新食物链中的环节缺乏韧性。它们由农夫的劳动人为地维持着,由拖拉机和马匹帮助,并被一种新的动物支持:农学教授。保罗·班扬的修正是自学的,而现在,我们在岸边有一个"专家"给予我们免费的指导。

每一种驯化的植物或动物对野生动植物的取代,或是一条人工航道对天然航道的取代,都伴随着陆地循环系统的重新调整。我们无法理解或者预见到这种重新调整,除非产生了坏的结果,否则我们都意识不到它们的存在。无论是总统为了大运河重建佛罗里达,还是农夫琼斯(Jones)为了放牧奶牛重建威斯康星牧场,我们都忙于修修补补,

---

① Flapper(或作flapper girl),20 世纪 20 年代流行于西方国家的女性形象,这类女性穿着时尚,留齐耳短发,听爵士乐,行为叛逆。小说《了不起的盖茨比》中的女性形象是此类形象的典型代表。

来不及考虑最终的结果。如此多的结果都无大碍，证明了土地有机体的朝气和弹性。

现在，根据两条原则来评估新的秩序：（1）它能够维持生产力吗？（2）它能够维持动物群和植物群具有的多样性吗？土壤在开发的第一阶段展示了植物和动物生命的爆发。丰足的产量众所周知，它唤起了拓荒者的感恩之心，但也涌现出大量野生的植物和动物。一些输入型的产粮种子加入到天然植被当中，土壤仍然肥沃，这片地区因一片片的耕地和牧场变得多样化。拓荒者报道的野生动物的丰度也部分地反映了这种多样性。

这样的高代谢是新发现的土地的特征。它可能代表着正常的循环流通，或者代表着存储的生产力的剧烈消耗，即，生物群发热。我们无法用温度计测量生物群的体温，以分辨出它是正常的还是发热的，只能通过事后追溯土壤的反应来得到这一结果。是什么反应呢？答案就写在广袤土地上水土流失形成的冲沟中，以及无数山峦中CCC（美国民间护林保土队）的营地里。每英亩的产粮大体保持稳定。农业生产中最大的技术改良只抵消了土壤中的消耗。在一些地区，例如尘暴区，生命河流已无法达到适航性的要求，而保罗的继承者们已迁徙到加利福尼亚，酝酿愤怒的葡萄①。

至于多样性，那些维持着我们的天然动物群和植物群的因素仍然存在，只因为农业尚未来得及将其破坏。目前，理想的农业是纯粹农业。纯粹农业意味着一条食物链仅以经济利益为目的，而清除了所有不符合标准的环节，这是一种农业世界中的德国和平（Pax Germanica）。另一方面，多样性意味着食物链旨在将野生和驯化的生物基于稳定性、生产力和美学的因素和谐统一起来。

诚然，纯粹农业追求的是重建土壤，但是它只会通过引入植物、动物和肥料来达成目的。它不需要建立土壤生态系统的天然植物群和动物群，从一开始就不需要。稳定性能够通过引入的植物和动物建立起来吗？已有的生产力足够吗？这些问题仍在争论中。

这世上没有任何人知道答案。检验纯粹农业的可操作性，是在欧洲东北部，尽管那片土地大规模地人工化了，但是那里仍旧保持着相当程度的生物稳定性（除了人类）。

---

① 约翰·斯坦贝克的小说《愤怒的葡萄》描述了美国 20 世纪 30 年代经济恐慌期间大批农民破产、逃荒的故事。

在所有其他尝试过的土地上检测它的不可操作性，包括我们自己的土地。而在进化的隐性证据中，多样性和稳定性紧密地交织在一起，似乎是一个事实的两个名字。

生态教育对人类的一个惩罚就是在一个满是创伤的世界里独自生活。在土地上造成的大部分损失对外行人来说是看不见的。一个生态学家必须披上盔甲，并且相信科学的后果与他无关，或者他必须要成为一位盲目的医生，即使看出了群落即将死亡的标志，也依然坚信他们很好，并且也不想被别人告知此事。

政府告诉我们应当控制洪水并将牧场的小溪拉直。做这方面工作的工程师告诉我们现在的溪流能够容纳更多的洪水。但是在这一过程中，我们失去了老柳树，奶牛们曾在它中午的树荫下抽打苍蝇，冬夜里猫头鹰曾在树上鸣叫。我们失去了小块湿地，带穗的龙胆草曾在那里旺盛地生长。

一些工程师开始深刻地感觉到，溪流蜿蜒流动，不仅仅改善了这片土地，它也是水文功能的必要组成部分。生态学家清楚地意识到，出于相似的原因，我们对环河的河道修改应该更少。